El Castillo de los Cárpatos

Parte 1

Por

Julio Verne

Copyright del texto © 2023 Culturea ediciones
Sitio web : http://culturea.fr
Impresión: BOD - Books on Demand (Norderstedt, Alemania)
Correo electrónico : infos@culturea.fr
ISBN :9791041938377
Depósito legal : abril 2023
Queda prohibido reproducir parte alguna de esta publicación,
en cualquier forma material, sin el premiso por escrito
de los dos titulares del copyright.

PRIMERA PARTE

CAPÍTULO PRIMERO

Esto no es una narración fantástica; es tan sólo una narración novelesca. ¿Es preciso deducir que, dada su inverosimilitud, no sea verdadera? Suponer esto sería un error.

Pertenecemos a una época donde todo puede suceder. Casi tenemos el derecho de decir que todo acontece. Si nuestra narración no es verosímil hoy, puede serio mañana, gracias a los elementos científicos, lote del porvenir, y nadie opinará que sea considerada como leyenda. Por otra parte, no se inventan leyendas a la terminación de este práctico y positivo siglo XIX; ni en Bretaña, la comarca de los montaraces korrigans. ni en Escocia, la tierra de los browNics y de los gnomos, ni en Noruega, la patria de los ases , de los elfos , de los silfos y de lis valquirias , ni aun en Transilvania, donde el aspecto de los Cárpatos se presta por sí a todas las evocaciones fantásticas. No obstante, conviene hacer notar que el país transilvano está todavia muy apegado a las supersticiones de los antiguos tiempos.

M. de Gérando ha descrito estas provincias de la extrema Europa. Eliseo Reclus las ha visitado, pero ninguno de los dos ha dicho nada que se relacione con la curiosa narración objeto de este libro. ¿La conocieron? Tal vez, pero acaso no han querido dar fe a la leyenda. Esto es sensible, pues la hubieran referido, el uno con la precisión del historiador, el otro con aquella poesía natural en él y derramada en sus relaciones de viaje.

Puesto que ni uno ni otro lo han hecho, voy yo a intentarlo.

El 19 de mayo de aquel año, un pastor apacentaba su rebaño a la orilla de un verde prado, al pie del Retyezat, que domina un valle fértil, cubierto de árboles de ramaje recto y enriquecido con bellas plantaciones. Las galernas que vienen del N.O. arrasan durante el invierno este terreno descubierto y sin abrigo. Entonces, según la frase del país, se le hace la barba, y algunas veces muy al rape.

Aquel pastor no tenía nada de los de la Arcadia en su traje, ni nada de bucólico en su actitud. No era un Dafnis, ni un Amintas, ni un Tityre, ni un Licidas, ni un Melibeo. El Lignon no murmuraba a sus pies, encerrados en gruesos zuecos de madera. Estaba junto al río de Valaquia, cuyas aguas frescas hubieran sido dignas de correr por entre las sinuosidades de que se habla en la novela Astrea.

Frik-Frik, natural de Werst (así se llamaba el rústico pastor), tan descuidado de su persona como las bestias; bueno para habitar en aquella zahurda construida a la entrada de la aldea, y donde sus cameros y sus puercos vivían en revuelta prouacrerie, única voz tomada del antiguo idioma que conviene a los piojosos apriscos del distrito.

El immanum pecus apacentado por dicho Frik, era immanior ipse. Echado sobre un mullido otero, dormía el pastor, un ojo cerrado, el otro alerta, con la gran pipa en la boca, silbando de vez en cuando a sus perros si alguna oveja se alejaba del prado, o tocando el cuerno, cuyo sonido repercutía en los ecos de la montaña.

Eran las cuatro de la tarde. El sol declinaba en el horizonte. Hacia la parte Este divisábanse algunas cúspides, cuyas bases estaban como sumergidas en flotante bruma.

Al S.O., dos gargantas de la cordillera dejaban pasar un oblicuo haz de luz solar, como el punto luminoso que se filtra por una puerta entornada.

Este sistema orográfico pertenece a la parte más selvática de la Transilvania, comprendida bajo la denominación del distrito KlausenbKurg u olosvar.

La Transilvania es un curioso fragmento del imperio de Austria; dicha región se llama en lengua magyar «El Erdely», o, lo que es igual, «el país de los bosques». Se halla limitada al Norte por Hungría, por Valaquia al S., y por Moldavia al O. Ocupa una extensión superficial de sesenta mil kilómetros cuadrados, o sean seis millones de hectáreas -próximamente la novena parte de Francia-; es una especie de Suiza, pero una mitad más vasta que los dominios helvéticos, aunque sin ser más poblada. Con sus llanuras destinadas al cultivo, sus ricos pastos, sus valles caprichosamente delineados, sus soberbias montañas, la Transilvania, ondulada ipor las ramificaciones plutónicas de los

Cárpatos, está cruzada por numerosos ríos que van a engrosar con sus tributos los caudales del Theiss y del soberbio Danubio, cuyas Puertas de Hierro, algunas millas al S., cierran el desfiladero de la cordillera de los Balkanes, en la frontera de Hungría y del Imperio otomano.

Tal es el antiguo país de los dacios, conquistado por Trajano en el siglo I de la Era cristiana. La independencia que disfrutó bajo Juan Zapoly y sus sucesores hasta 1699, tuvo fin con Leopoldo I, que la anexionó al Austria. Pero sea lo que sea su constitución política, ha sido ocupada por diversas razas, que, aunque se codean, no llegan a fusionarse; los valacos o rumanos, los húngaros, los tsyganes, los szeklers, de origen moldavo, y los mismos sajones, a quienes las circunstancias de lugar y tiempo acabarán por magyarizar en provecho de la unidad de Transilvania.

¿A qué carácter típico de los enunciados pertenecía el pastor Frik? ¿Era acaso un descendiente degenerado de los antiguos dacios? Difícil sería resolver estas cuestiones al ver su cabellera en desorden, su cara atezada, su barba enmarañada, sus espesas cejas, recias como dos cepillos de crines rojizas; sus ojos garzos, entre azules y verdes, y cuyos lagrimales húmedos estaban rodeados del círculo senil. Parecía hombre de unos sesenta y cinco años. Es robusto, alto, seco y erguido bajo su capisayo amarillento, no tan peludo como el pecho que cubre. Un pintor no desdeñaría trasladar al lienzo su silueta cuando, cubierta la cabeza con un sombrero de esparto, verdadera tapadera de paja, se apoya sobre el puntiaguado cayado y queda tan inmóvil como una roca.

En el momento en que penetraban los rayos del sol a través de las cortaduras del O, Frik se volvió; puso su mano, medio cerrada, a guisa de catalejo -como si hubiese hecho de ella una bocina-, y estuvo mirando atentamente.

En la claridad del horizonte, y como a una milla larga, muy empequeñecido por la distancia, se dibujaban los contornos de un antiguo castillo sobre una aislada cima de la garganta de Vulcano, la parte superior de una meseta, llamada «meseta de Orgall». Bajo los cambiantes de la luz poNicnte, se destacaba aquel edificio claramente con esa precisión de las vistas de un estereoscopo. Sin embargo, preciso era, que se hallase el pastor dotado de poderosa vista para distinguir algún detalle de aquella masa lejana.

Ved aquí que de repente, y moviendo la cabeza, exclama:

-«¡Viejo, viejo! ... ¡Cómo te pavoneas sobre tus cimientos! Tres años -más, y ya no existirás, -porque tu haya no tiene ya más que tres ramas.» Dicha haya, plantada al extremo de uno de los bastiones de la cerca del castillo, resaltaba con su negrura sobre el azul del cielo, cual un delicado dibujo de papel picado, y a duras penas fuera visible para otro que no fuese Frik a semejante distancia. En cuanto a la explicación de las palabras que ha pronunciado el pastor, basadas en una leyenda del castillo, será dada a su debido tiempo.

--«Sí, repitió; tres ramas... Ayer había cuatro, pero la cuarta cayó esta noche... ¡Ya no queda más que el muñón! Yo no cuento más que tres en la horcajada... ¡Tres, tres nada más, viejo castillo! » Cuando se considera a un pastor desde el punto de vista ideal, la fantasía hace de él un ser soñador y contemplativo, que conferencia con los astros, habla con las estrellas y lee en el firmamento. Pero la verdad es que generalmente no pasa de la categoría de un bárbaro ignorante. A pesar de todo, la pública credulidad no vacila en atribuirle el don de lo sobrenatural; tal hombre posee maleficios, y si está de humor, conjura los sortilegios, así sobre las personas como sobre las bestias, que para el caso viene a ser lo mismo; vende polvos amorosos, filtros y fórmulas mil. Hasta llega a tornar estériles los campos, lanzando sobre ellos piedras encantadas, y deja infecundas a las ovejas tan sólo con hacerles mal de ojo. Y tales supersticiones son propias de todos los tiempos y países. Aun en las regiones más adelantadas, no se pasa en el campo por delante de un pastor sin dirigirle alguna frase amistosa, algún saludo afectuoso, llamándole también «pastor». Un saludo con el sombrero puede ser el medio de librarse de malignas influencias, y en los caminos de Transilvania no es donde menos sucede esto.

Frik era, pues, considerado como un mago, como un evocador de fantásticas apariciones. Según unos, obedecían a su voz vampiros y endriagos; según otros, se le solía encontrar, al declinar de la luna, en las noches oscuras, como se ve en otras comarcas en el año bisiesto, montado sobre la compuerta de los molinos, hablando con los lobos o mirando a las estrellas.

Frik dejaba decir, y no le iba mal. Vendía hechizos y contrahechizos. Pero ¡observación curiosa! él mismo era tan crédulo como su clientela, y si bien no creía en sus propios sortilegios, daba fe a las leyendas que corrían por la comarca.

Así, pues, no hay que asombrarse de que hiciese aquel pronóstico referente a la próxima desaparición del antiguo castillo, puesto que el haya sólo tenía ya tres ramas; ni hay que asombrarse de que le faltase tiempo para llevar la noticia al pueblo, a Werst.

Después de haber juntado el rebaño, soplando hasta desgañitarse en la larga y blanca bocina de madera, Frik tomó el camino de la aldea. Avivando al ganado, seguíanle sus perros, dos semigrifos bastardos, ariscos y feroces, que más bien parecían dispuestos a devorar ovejas que a guardarlas. El ganado se componía de una centena de carneros moruecos y ovejas, de las cuales una docena eran de primer año y el resto de tercero y cuarto año, o sea de cuatro y de seis dientes.

Este ganado pertenecía al juez de Werst, el biró Koltz, que pagaba al concejo un fuerte derecho de contribución de ganadería, y que apreciaba mucho al pastor Frik por sus habilidades de esquilador y veterinario entendido en lo que se refiere a todas las plagas de origen pecuario.

Marchaba el rebaño en masa compacta, a la cabeza la oveja cencerra y a su lado la oveja birana, haciendo sonar su esquila en medio de la confusión de balidos.

Al salir del prado, Frik tomó por un ancho sendero, bordeando extensos campos, donde ondulaban hermosas espigas de trigo, ya muy crecido sobre las altas cañas; veíanse también algunas plantaciones de «kukurutz», que es el maíz de aquel país. El camino conducía a la orilla de un bosque de pinos y abetos de pobladas copas. Más abajo, el Sil extendía su brillante agua, filtrada por los guijarros del álveo y sobre el que flotaban los fragmentos de madera aserrada en las serrerías de río arriba.

Perros y carneros se detuvieron en la margen derecha y se pusieron a beber con avidez al ras de la ribera, removiendo la hojarasca de los matorrales.

Werst no distaba de allí más de tres tiros de fusil, al otro lado de un espeso bosque de raíces, formado de esbeltos árboles y de esos desmirriados plantones que crecen tan sólo algunos pies del suelo. Dicho bosque se extendía hasta la garganta de Vulcano, cuya aldea, que lleva este nombre, ocupa una altura escarpada en la vertiente meridional de los macizos del Plesa.

A aquella hora la campiña estaba solitaria; hasta entrada la noche no volvían a sus hogares las gentes del carnpo; Frik no pudo cruzar su saludo tradicional con nadie. Ya abrevado su rebaño, iba a internarse entre los pliegues del valle, cuando en la revuelta del Sil apareció un hombre, como a unos cincuenta pasos río abajo.

-¡Hola, amigo! gritó el pastor.

Aquel hombre era uno de esos mercaderes que recorren el distrito. Se les encuentra en las ciudades, en los pueblos y hasta en las más humildes aldeas. No es obstáculo para ellos el hacerse comprender; hablan todas las lenguas. Aquel, ¿era italiano, sajón o valaco? Nadie hubiera podido decirlo. En realidad era judío polonés, alto y delgado, de afilada nariz y barba puntiaguda, frente abultada y ojos muy vivos.

Era vendedor ambulante de anteojos, termómetros, barómetros y relojes de bolsillo. Lo que no guardaba en el morral que, sujeto con correas, llevaba a la espalda, lo colgaba del cuello o de la cintura; un verdadero buhonero, algo así como un escaparate semoviente.

Probablemente el judío participaba del respeto o del temor que los pastores inspiran.

Así que sáludó a Frik con la mano. Después, en lengua rumana, que participa del latín y del eslavo, dijo con acento extranjero:

-¿Qué tal marchamos, amigo?

-Marchamos con el tiempo, respondió Frik.

-Entonces hoy habrá ido bien. ¡Con este tiempo! ...

-Mañana irá mal, porque lloverá.

-¿Lloverá? Exclamó el buhonero. ¿Es que en vuestro país llueve sin nubes?

-Las nubes ya vendrán esta noche... ¡y por allá abajo, por el lado malo de la montaña!

-¿Y cómo Veis eso?

-En la lana de mis carneros, que está áspera y seca como pellejo curtido.

-Pues tanto peor para los que tengan que andar por esos caminos.

-Y tanto mejor para los que se queden en la puerta de su casa.

-Hay que tener una casa, pastor.

-¿Tenéis hijos? dijo Frik.

-No.

-¿Sois casado?

-No.

Preguntóle esto Frik, porque es costumbre en el país preguntarlo a los que se encuentran.

Después añadió:

-¿De dónde venís, buhonero?

-De Hermanstadt.

Hermanstadt es una de las principales poblaciones de Transilvania. Al abandonarla se encuentra el valle del Sil húngaro, que desciende hasta el arrabal de Petroseny.

-¿Y adonde váis?

-A Kolosvar.

Para llegar a Kolosvar, basta subir en dirección del valle del Maros; después, por

Karlsburg y siguiendo las primeras estrilbaciones de los montes Bihar, se está en la capital del distrito. Un camino que no tendrá más de veinte millas.

En verdad, que estos mercaderes de barómetros, termómetros y cascajos, evocan siempre la idea de seres diferentes, de una andadura algo hoffmanesca, peculiar a su oficio. Venden el tiempo en todas sus formas: el que pasa, el que hace, el que hará, como otros venden cestos, tricots o algodones. Se diría que son los viajantes de la casa

«Saturno y Compañía», bajo la enseña «Arenas de Oro». Sin duda éste fue el efecto que el judío produjo a Frik, el cual contemplaba, no sin asombro, aquella instalación de objetos nuevos para él, y cuya aplicación desconocía.

-¡Eh, señor buhonero! preguntó alargando el brazo. ¿Para qué sirve eso que castañetea en vuestra cintura, como los huesos de un viejo colgado?

-Son cosas de valor, respondió el mercader; objetos útiles para todo el mundo.

Y guiñando el ojo, exclamó Frik:

-¿A todo él mundo? ¿Y también a los pastores?

-También.

-¿Y para qué sirve esa maquinaria?

-Esta maquinaria, respondió el judío moviendo un termometro entre sus manos, os dice si hace calor o frío.

-¡Vaya, amigo! Pues yo no necesito de ella para saberlo cuando sudo bajo mi capisayo o cuando tirito bajo mi hopalanda.

Evidentemente: esto debe bastar a un pastor, que no se preocupa gran cosa de los porqués de la ciencia.

-¿Y ese grueso cascajo con su aguja? repuso señalando un barómetro aneroide.

-No es un cascajo, sino un instrumento que os dice si mañana hará buen tiempo, o si lloverá.

-¿Es de veras?

-De veras.

-Bueno, replicó Frik: pues yo no lo querría, aunque sólo costase un kreutzer . Me basta ver las nubes que se arrastran por la montaña, o que cruzan por cima de los más altos picos, para saber, con veinticuatro horas de anticipación, el tiempo que va a hacer.

Mirad. ¿Véis aquella bruma que parece salir del suelo? Pues ya os lo he dicho, eso significa que mañana tendremos agua.

Verdaderamente, el pastor Frík, gran observador del tiempo, no necesitaba barómetro.

-¿Y tampoco os hará falta un reloj? dijo el buhonero.

-¡Un reloj!... Tengo uno que anda solo. Está colgado sobre mi cabeza... El sol. Mirad, amigo: cuando está sobre la punta del Rodük, significa que es medio día; y cuando parece que mira al agujero de Egelt, es que son las seis. Mis carneros lo saben tan bien como yo, y mis perros como los carneros. Guardad, pues vuestros cachivaches.

-¡Vaya! repuso el buhonero. Muy negro me habría de ver para hacer fortuna, si no tuviera más clientes que los pastores. ¿De manera que no necesitáis nada?

-Absolutamente nada.

Por lo demás, todas aquellas mercaderías baratas eran de muy mediana fabricación. Los barómetros no concordaban bien sobre el variable o el buen tiempo fijo; las agujas de los relojes marcaban horas muy largas o minutos muy cortos. En fin, una engañifa. ¡Acaso el pastor lo sabía! Por eso no quería comprar nada de aquello. Sin embargo, ya iba a recobrar su cayado, cuando, cogiendo una especie de tubo colgado de una correa del buhonero, le dijo:

-¿Para qué sirve este tubo?

-No es tal tubo.

-Será pues, una pistola, dijo el pastor.

-No, dijo el judío: es un anteojo.

Era, en efecto, uno de esos anteojos comunes que agrandan cinco o seis veces los objetos, o que los aproximan otro tanto, lo que produce el mismo resultado.

Frik había cogido aquel instrumento, y le contemplaba, dándole vueltas entre sus manos, haciendo salir y entrar los cilindros.

Después, moviendo la cabeza:

-¡Un anteojo! dijo.

-Sí, pastor; un magnífico anteojo, que os alargará mucho la vista...

-¡Ah! ... Yo tengo muy buenos ojos, amigo. Cuando el tiempo está claro, veo las últimas rocas, hasta la cresta del Retyezat, y los últimos árboles en el fondo de los desfiladeros del Vulcano.

-¿Sin entornar los ojos?

-Sin entornar los ojos, -gracias al rocío de la noche, que me limpia la pupila.

-¿El rocío? dijo el otro. Pronto os dejará ciego.

-¡Ah! A los pastores no.

-Bien... Si tenéis buenos ojos, yo los tengo mejores cuando los aplico a mi anteojo.

-¡Tendrá que ver eso!

-Vedlo...

-¡Yo! ...

-Probad.

-¿No me costará nada? preruntó Frik, desconfiado por naturaleza.

-Nada; a menos que no os decidáis a comprarme el aparato.

Tranquilo ya sobre este particular, Frik tomó el anteojo, cuyos tubos graduó el buhonero. Después, de haber cerrado el ojo derecho, Frik aplicó el ocular al izquierdo, y empezó a mirar hacia las montañas del Vulcano, subiendo hacia el Plesa; después bajó el instrumento, enfocándole hacia el pueblo de Werst.

-¡Calla! exclamó. ¡Pues es verdad! Alcanza más que mis ojos... Allí está la calle Mayor.

Reconozco a las personas... Veo a Nic Deck, el guarda que vuelve de su ronda, con la mochila a la espalda y la carabina al hombro.

-¡Cuando yo os lo decía! observó el buhonero.

-Sí, sí. Nic es, añadió el pastor. ¿Y quién es aquella mujer que sale de casa del amo Koltz, con falda roja y corpiño negro, como si fuese al encuentro de Nic?

-Mirad atentamente, y reconoceréis a la muchacha, como habéis reconocido a Nic.

-¡Ah! sí ... ¡Es Miriota! ... ¡La bella Miriota! ... ¡Ah!. .. ¡Los novios! ... Esta vez tienen que andar con cuidado, porque yo los tengo al alcance de mis ojos, y no pierdo ninguna de sus carantoñas.

-¿Y qué decís de este aparato?

-¡Ah! Que hace ver desde muy lejos.

El asombro de Frik al coger por primera vez un anteojo para mirar la aldea Werst, indicaba lo atrasado que este pueblo se encontraba. Si esto era o no verdad, bien pronto lo veremos.

-Pastor, dijo el mercader: seguid, seguid mirando... Más allá de Werst. Este pueblo está muy cerca... ¡Mirad mucho más allá! ...

-¿Y tampoco me costará nada?

-Tampoco.

-Bueno.. . Voy a mirar hacia el Sil húngaro... Sí; allí está el campanario de Livadzel...

Le conozco por la cruz, a la que le falta un brazo. . . Más allá, en el valle, entre los abetos, veo el campanario de Petroseny, con su gallo de hoja de lata, con el pico abierto, como si llamara a las gallinas... ¡Calle! ... Y allí abajo... veo una torre que sobresale por entre los árboles... Debe de ser la torre de Petrilla. Vaya, voy a seguir mirando, porque supongo que el precio será siempre el mismo...

-El mismo, pastor.

Frik miraba entonces hacia la llanura de Orgall; siguió despúes contemplando la sombría masa de los bosques situados sobre las vertientes del Plesa, y enfocando el objetivo a la lejana silueta del castillo, exclamó:

-Sí... la cuarta rama está en tierra ... La había visto bien. .. Nadie irá a recogerla para hacer una tea la noche de San Juan. Nadie irá... Ni yo... Sería arriesgar el cuerpo y el alma. Pero hay uno que la recogerá esta noche, para llevarla al fuego del infierno. Éste es el Chort.

Así se llama al diablo cuando se le evoca en las conversaciones del país.

Acaso el judío iba a pedir explicación de aquellas palabras incomprensibles para el que no fuese de Werst o de sus cercanías, cuando Frik exclamó con voz en la que el espanto se mezclaba a la sorpresa:

-¿Qué es aquella nube que sale del torreón? ¿Es bruma? No; parece humo... Pero no es posible... Desde hace siglos y siglos no echan humo las chimeneas del castillo...

-Si veis humo, es que lo hay pastor.

-No, buhonero, no. Es que el cristal de vuestro anteojo está empañado.

-Limpiadle, pues.

-Voy a hacerlo.

Y despúes de haber frotado lo vidrios del anteojo con su manga, volvió a mirar.

Efectivamente; lo que salía del torreón era humo. Aquella columna subía recta, en el aire tranquilo, y su penacho se confundía con las nubes. Frik, inmóvil, no hablaba ya, concentrando toda su atención sobre el castillo, cuya sombra iba ascendiendo hasta llegar al nivel del llano de Orgall. De pronto bajó el aparato, y llevándose la mano a la alforja que bajo su sayo llevaba, preguntó:

-¿Qué vale esto?

-Florín y medio,-, respondió el buhonero.

Por poco que Frik hubiese regateado, hubiera dado el anteojo en un florín; pero el pastor no regateó.

Bajo el influjo de una estupefacción tan grande como inexplicable, metió la mano en su alforja y sacó el dinero.

-¿Es para vos el anteojo? preguntó el buhonero.

-No; para mi amo.

-Entonces, él os reembolsará.

-Sí... Los dos florines que me cuesta.

-¡Cómo dos florines!

-Sí... de ahí para arriba. Buenas tardes, amigo.

-Buenas tardes, pastor.

Y Frik, silbando a sus perros y reuNicndo su rebaño, subió a buen paso en dirección a Werst.

Mirándole marchar el judío, movió la cabeza, y murmuró:

-De haberlo sabido, le pido más por el anteojo.

Después de arreglar sobre sus hombros y cintura su mercancía, tomó la dirección de

Karlsburg, volviendo a bajar por la margen derecha del Sil.

¿Dónde iba? Poco nos importa. Él no hace más que pasar en esta novela... No le volveremos a ver más.

CAPÍTULO II

La distancia de algunas millas produce el efecto, para el observador, de que, bien sean rocas hacinadas por la naturaleza en las épocas geológicas, según las convulsiones del suelo, o bien construcciones debidas a la mano del hombre y sobre las cuales ha pasado el soplo devastador del tiempo, poco más o menos su aspecto es semejante. Confúndese fácilmente el mineral en bruto y el mineral trabajado. Desde lejos vese todo envuelto en igual color, con idénticas líneas y ángulos en perspectiva, con la misma uniformidad de tinte, bajo la pátina gris de los siglos.

Tal acontecía con la edificación antedicha, castillo otro tiempo de los Cárpatos.

Reconocerle en su indecisa estructura en la meseta de Orgall, que corona a la izquierda la garganta de Vulcano, hubiera sido imposible. Ya no muestra su erguida silueta en las montañas. Lo que pudiera tomarse por un torreón, no es acaso otra cosa que un informe montón de piedras. Allí donde la vista crea percibir los almenados muros, quizá no habrá sino rocosa cresta. Es un conjunto vago, flotante, incierto. Tanto es así, que si diéramos crédito a lo que dicen algunos turistas, el castillo de los Cárpatos sólo existe en la fantasía de las gentes del país.

Después de todo, el medio más sencillo para salir de dudas sería hacerse conducir por un guía del Vulcano o de Werst, y subir por el desfiladero, dar cima a la montaña, visitar aquellas construcciones. Pero hay el inconveniente de que se encuentra más fácilmente el camino del castillo que el guía. En el valle del Sil nadie consentiría en acompañar a un viajero al castillo de los Cárpatos, así fuese a peso de oro.

Si hubiéseis mirado con un anteojo más potente que el instrumento de pacotilla que compró el pastor Frik para el señor de Koltz, he aquí lo que hubiérais visto del viejo edificio.

Detrás de la garganta de Vulcano, y, como a unos ochocientos o novecientos pies, un muro de color de asperón, casi oculto por la hojarasca de plantas trepadoras y cuyo cercado se extiende en   un   perímetro   de cuatrocientas o quinientas toesa, y siguiendo las ondulaciones de la meseta; a cada ángulo dos bastiones, de los cuales, el de la derecha, sobre el que se alza la famosa haya, está coronado por una pequeña atalaya o garita de puntiaguda techumbre; a la izquierda, algunos lienzos de murallas cual los de una fortaleza, soportando un campanario de capilla, cuya campana rajada se bambolea en las grandes borrascas, causando el mayor espanto en la comarca; en el centro, y con su plataforma rodeada de almenas, un torreón con tres órdenes de ventanas de alféizares de plomo, y cuyo primer piso hállase rodeado de circular terraza; sobre la plataforma álzase un largo mástil de hierro adornado por una especie de veleta comida de moho, mirando siempre al Sudeste, por efecto de algún violento huracán.

En cuanto a lo que encerraba el consabido muro, por mil partes quebrado, bien fuese edificio habitable, accesible por puente levadizo o poterna, ignorábase de luengos años atrás. En realidad, si bien el castillo de los Cárpatos se hallaba en mejor estado de lo que parecía, estaba protegido ahora por el extendido terror supersticioso, con tanta eficacia como en pasados tiempos lo estuviera por basiliscos, bombardas, culebrinas y demás máquinas de artillería de otros siglos.

Y en verdad que bien merecía la pena de ser visitado el castillo de los Cárpatos por turistas y anticuarios. Su situación en lo alto de la meseta de Orgall no puede ser más bella. El panorama de montañas que se divisa desde la alta plataforma del torreón, es sublime. Al fondo vense las ondulaciones de la elevada cordillera, que parece dibujada caprichosamente, formando la frontera de Valaquia. Por delante abre su ruinosa garganta el desfiladero de Vulcano, única vía de comunicación entre las provincias limítrofes. Al otro lado del valle del Sil surgen las edificaciones de Livadzel, Lonyai, Petroseny y Petrilla, agrupados y como asomándose a la abertura de los pozos que sirven para la explotación de esta rica cuenca hullera. Y en los últimos planos del horizonte vislúmbrase admirable y simétrica cadena de alturas y crestas cuyas bases están cubiertas de césped y cuyas peladas cimas dominan los abruptos picos del Retyezat y del Paring . Por fin, más allá del valle del Hatszeg y del río Maros, aparecen los lejanos perfiles, velados por las brumas de los Alpes de la Transilvania Central.

En el fondo de aquel embudo y efecto de la depresión del terreno, formábase un lago, en el que vertían sus aguas los brazos del Sil antes de abrirse paso al través de la cordillera. Ahora dicha depresión no es más que una carbonera con sus ventajas e inconvenientes; las altas chimeneas de fábrica crúzanse con el ramaje de los copudos olmos, abetos y hayas; los negruzcos humos vician la atmósfera, saturada antaño con los perfumados aromas de los frutales y las flores. No obstante, y por más que la industria tiene bajo su férrea mano este distrito minero, en la época de esta narración aún no había perdido el selvático aspecto que le diera la Naturaleza.

El castillo de los Cárpatos data del siglo XII, o acaso del XIII. En aquella época, bajo la dominación de los señores o vaivodas, fortificábanse monasterios, iglesias, palacios y castillos de igual modo que las aldeas y ciudades. Señores y vasallos procuraban mantenerse a la defensiva. Tal estado de cosas explica el aspecto de aquella construcción feudal, bien defendida con su almenado muro, su atalaya y su torreón. ¿Qué arquitecto tuvo la idea de edificarle sobre aquella meseta y a tal altura? Ignórase quién fuese el audaz artista aunque pudiera suponerse que fuera el rumano Manoli, tan gloriosamente cantado en las leyendas valacas, y que edificó en Curté de Argis el célebre castillo de Rodolfo el Negro.

Pero si pudiera haber dudas acerca de este punto, no las hay respecto a la familia que poseía el castillo de los Cárpatos. Los barones de Gortz eran señores de aquel país desde tiempo inmemorial. Tomaron parte en todas las guerras que tiñeron de sangre las provincias de Transilvania; lucharon contra los húngaros, los sajones y los szeklers, y su apellido figura en cánticos y en doines, donde se perpetúa el recuerdo de los desastrosos períodos por que atravesó aquel país. Era su divisa el famoso proverbio valaco: ¡da pe maorte! «ida hasta morir!» y dieron, vertiendo su sangre en aras de la independencia, aquella sangre que procedía de los romanos, sus antecesores.

Ya se sabe que al cabo de tantos esfuerzos y sacrificios tantos, no pudieron conseguir otra cosa que la más mísera opresión para los descendientes de tan valiente raza. Ya no vive la vida política. Tres azotes sufrió aquel país. Mas aún conservan los valacos de

Transilvania la esperanza de sacudir el yugo que los oprime. El porvenir es suyo, y con inquebrantable fe repiten estas palabras, que expresan todas sus aspiraciones: Roman no perè! ¡El rumano no perecerá!

A mediados del siglo actual, el último representante de los señores de Gortz era el barón Rodolfo. Nacido en el castillo de los Cárpatos, había visto a su familia irse extinguiendo alrededor suyo durante su juventud, y a los veintidós años se encontró solo en el mundo. Todos los suyos habían ido cayendo, año tras año, cual las ramas del haya secular cuya existencia tan unida se hallaba, según la superstición pública, a la existencia misma del castillo. Sin parientes y casi sin amigos, ¿qué iba a hacer el barón Rodolfo para llenar aquel inmenso vacío que la muerte dejó en torno suyo? ¿Cuáles eran sus aficiones, sus inclinaciones y aptitudes? Nada de esto se sabía, como no fuese la pasión irresistible que sentía por la música, y muy especialmente por los grandes artistas líricos de su época. Así que, después de haber confiado la guarda del castillo, ya muy deteriorado, en manos de algunos viejos servidores, un día desapareció de allí. Más tarde se supo que dedicaba su fortuna, bastante considerable, a recorrer los principales centros líricos de Europa, los teatros de Alemania, Francia e Italia, donde podía saciar su infatigable fantasía de diletante. ¿Acaso era un excéntrico; por no decir un monomaníaco? Lo extraño de su vida daba lugar a creerlo así.

Sin embargo, el recuerdo de su país natal no se había borrado del corazón del joven barón de Gortz, ni olvidó su patria en medio de sus lejanas peregrinaciones. Tanto fue así, que volvió a Transilvania a tomar parte en una de las sangrientas revueltas de los rumanos contra la opresión húngara.

Los descendientes de los antiguos dacios fueron vencidos, y su territorio repartido entre los vencedores.

A continuación de esta derrota, el barón Rodolfo abandonó definitivamente el castillo de los Cárpatos, que empezaba a amenazar ruina por algunas partes. La muerte no tardó en privar a aquel dominio de sus últimos servidores, y fue desalojado del todo. En cuanto al barón, de Gortz, empezó a correr el rumor de que se había unido patrióticamente al famoso Rosza Sandor, antiguo salteador de caminos, y al que la guerra de la independencia había elevado al rango de un protagonista de drama.

Muy felizmente para él después de la lucha, Rodolfo de Gortz se había separado de la facción del salteador, y obró muy prudentemente, porque Rosza Sandor acabó por caer en manos de la policía, que se contentó con encerrarle en la prisión de Szamos-Uyvar.

Por el distrito corrió la versión, muy autorizada, de que el barón Rodolfo había sido muerto en un encuentro de Rosza Sandor con los carabineros de la frontera. No había tal muerte, aunque nadie dudase de ella por no haber aparecido el barón en la comarca desde aquella época; y es preciso tener en cuenta lo crédula que era la población en sus supuestos.

Castillo desierto, castillo fantástico... Las vivas y ardientes imaginaciones pobláronle pronto de fantasmas, de espíritus que se albergaban en aquél a las altas horas de la noche.

Cosas son éstas que suceden frecuentemente en muchas comarcas de Europa, entre las que Transilvania debe ocupar el primer lugar.

Además, ¿cómo aquella aldea de Werst hubiera podido romper con sus creencias en lo sobrenatural? El cura y el maestro enseñaban estas fábulas con tanto más empeño, cuanto que ellos mismos las creían a pies juntillos. Afirmaban, con pruebas en apoyo de sus afirmaciones, que los vampiros lanzan gritos de andriagos, beben sangre humana; que los staffii andaban errantes por las ruinas, convirtiéndose en malhechores si se olvida darles de comer y beber todas las noches. Hay hadas, babes, de las que es preciso guardarse el martes y viernes, días nefastos de la semana, Aventuráos, pues, en las profundidades de los bosques del distrito, bosques encantados donde se ocultan los balauri, dragones gigantes cuyas mandíbulas llegan a las nubes; los zmei, de alas desmesuradas, que se llevan a las mujeres lindas, sin distinción de categorías. Existen, pues, tantos monstruos feroces. ¿No hay algún genio del bien que, según la imaginación popular, contrarreste las malas artes de aquéllos? Sí, por cierto. La serpi de casa, serpiente del hogar doméstico, que vive en las casas y cuya influencia saludable compra el aldeano, nutriéndola con la mejor leche.

Ahora bien: ¿qué mejor albergue para todos aquellos seres de la mitología rumana que el castillo de los Cárpatos? Sobre aquella planicie aislada, sólo accesible por la parte izquierda de la garganta de Vulcano, no era dudoso que albergase dragones, hadas y endriagos, como también acaso los espíritus de algunos individuos de la familia de los barones de Gortz. De aquí la reputación de que el castillo estaba encantado; reputación muy justificada, al decir de las gentes, y nadie hubiera osado aventurarse a visitarle.

Esparcía en torno suyo una especie de espanto epidémico, como las emanaciones pestilentes de una laguna insalubre. Sólo con aproximarse un cuarto de milla, se arriesgaba la vida en este mundo y la salvación en el otro.

Esto era cosa corriente en la escuela del maestro Hermod. Sin embargo, tal estado de colas debía tener fin, y esto sucedería cuando no quedase una sola piedra de la antigua fortaleza de los barones de Gortz: y aquí entraba la leyenda.

A dar crédito a los más autorizados de la aldea de Werst, la existencia del castillo estaba unida a la de la vieja haya, cuyo ramaje se recostaba sobre el bastión del ángulo, a la derecha del muro. Las gentes de la aldea habían observado, y muy particularmente el pastor Frik, que desde, la partida de Rodolfo de Gortz dicho árbol iba perdiendo cada año una de sus ramas más gruesas. Cuando el barón Rodolfo fue visto por última vez en la plataforma del torreón, el árbol tenía dieciocho ramas, y en la actualidad sólo contaba tres. Cada rama caída significaba un año menos de existencia para el castillo. La caída de la última produciría anonadamiento definitivo. Y entonces, sobre la meseta de Orgali, se buscaría en vano el castillo de los Cárpatos.

Evidentemente, esto era una de esas leyendas que sólo nacen en las imaginaciones de los rumanos; pero lo cierto era que todos los años el haya perdía una de sus ramas, y Frik, que no dejaba de observarle mientras apacentaba su rebaño en los prados del Sil, no dudaba en afirmarlo. Y aunque la aseveración de Frik no fuera digna de tomarse en cuenta, a los aldeanos, y hasta al juez de Werst, no les cabía duda de que el castillo no tendría más de tres años de vida, puesto que al «haya tutelar» no le quedaban más que tres ramas. El pastor se puso en camino para llevar la tremenda noticia de que queda hecha mención, después del accidente del anteojo.

En efecto: la noticia era tremenda. ¡En el torreón acababa de aparecer humo! Lo que sus ojos no hubieran podido apreciar por sí solos, lo había visto Frik con ayuda del anteojo del buhonero... No era vapor de la atmósfera; era humo que iba a perderse en las nubes... ¡Y a pesar de estar abandonado el castillo! ... ¡Después de tanto tiempo que nadie había franqueado su cerrada poterna, ni levantado el puente levadizo! ... Si el castillo estaba habitado, sólo podía estarlo por seres sobrenaturales... Pero ¿con qué objeto podían los espíritus encender fuego en uno de los departamentos del torreón?

¿Provenía el humo de alguna chimenea, de una habitación o de la cocina? He aquí un punto verdaderamente inexplicable.

Frik azuzaba sus bestias hacia el establo, y a su voz los perros avivaban el ganado camino arriba, y el polvo volvía a caer con la humedad del crepúsculo.

Algunos aldeanos que se habían retardado en sus faenas, le saludaron al pasar. Frik apenas les respondió. Esto era motivo de gran inquietud para los primeros, porque para evitar los maleficios no basta saludar al pastor, es preciso que éste responda al saludo.

Pero Frik no se fijaba en esto, y caminaba con los ojos extraviados, actitud extraña y ademanes descompuestos. Aunque los lobos le quitaran la mitad de sus carneros, no hubiera recibido impresión más honda. ¿De qué mala nueva era nuncio el pastor?

El primero que lo supo fue el juez Koltz.

Así que le vio, gritóle Frik:

-¡En el castillo hay fuego, amo!

-¿Qué dices, Frik?

-Digo la verdad.

-¿Te has vuelto loco?

En efecto: ¿cómo era posible un incendio en aquel viejo montón de piedras? Esto era tan absurdo como admitir que el Negoi, la más alta cima de los Cárpatos, fuera devorado por las llamas.

-¿Tú pretendes, Frik, que el castillo arde? dijo él amo Koltz.

-Pues si no se quema, por lo menos echa humo.

-Algún vapor...

-No, es humo; venid a verlo.

Y ambos se dirigieron hacia el centro de la calle Mayor de la aldea, al borde de un terraplén que dominaba los barrancos, y desde el cual se podía ver el castillo.

Una vez allí, Frik dio el anteojo a su amo. Evidentemente el señor Koltz no era más práctico que el pastor en el manejo de tal instrumento.

-¿Qué es esto? le preguntó.

-Una maquinaria para ver, que he comprado en dos florines, y que vale el doble.

-A quién?

-A un buhonero.

-¿Y para qué?

-Aplicadlo a vuestro ojo; dirigidlo al castillo; mirad. y veréis.

El juez enfocó el anteojo en dirección al castillo, y miró atentamente.

¡Sí! Lo que salía de una de las chimeneas del torreón era humo, que desviado en aquel momento por la brisa, se arrastraba por la falta de la montaña.

-¡Humo! ¡Humo! repetía el amo Koltz estupefacto.

Acababan de reunírsele Miriota y Nic Deck, el guardabosque, que habían vuelto a su casa hacía unos instantes. Cogiendo el anteojo, preguntó el joven:

-¿Para qué sirve esto?

-Para ver a lo lejos, respondió el pastor.

-Es broma, Frik.

-¡Sí... sí, broma! No hace una hora que yo os he reconocido cuando bajábais por el camino de Werst, y a Vos también. . .

No acabó la frase, porque Miriota se puso encarnada y bajó sus lindos ojos. Después de todo, no está prohibido que una hija de familia honrada vaya al encuentro de su novio.

La novia primero, y el novio después, cogieron el famoso anteojo y le enfocaron hacia el castillo.

Entretanto habían llegado a aquel sitio media docena de vecinos, que, enterados de lo que pasaba, fueron sirviéndose por turno del anteojo. Uno dijo:

-¡Humo! ¡Humo en el castillo!

Y otro añadió:

-Tal vez el rayo ha caído sobre el torreón.

-¿Pues qué, ha tronado? preguntó Koltz dirigiéndose a Frik.

-No ha habido tormenta desde hace ocho días, respondió el pastor.

Si a aquellas buenas gentes se les hubiese dicho que en la cúspide del Retyezat acababa de abrirse un cráter volcánico, no se hubieran quedado más estupefactas.

CAPÍTULO III

El pueblecillo de Werst tiene tan poca importancia, que no figura en la mayor parte de los mapas.. En el orden administrativo es aún de inferior categoría que su vecino, llamado

Vulcano, nombre de la porción de la vertiente del Plesa sobre el cual ambos se encuentran pintorescamente situados.

En los momentos actuales, la explotación de la cuenca minera ha impreso gran movimiento comercial a las poblaciones de Petroseny, Livadzel, y otras, distantes algunas millas; en cambio ni Vulcano ni Werst han obtenido ventaja alguna, no obstante su proximidad al centro industrial. Estas aldeas son aún lo que eran hace cincuenta años, y es de suponer que dentro de otro medio siglo continuarán en el mismo estado. Según Elisco Reclus, más de una mitad de la población de Vulcano se compone de empleados encargados de vigilar la frontera, carabineros, gendarmes, inspectores del fisco y enfermeros del lazareto. Suprimid los gendarmes y los inspectores del fisco, añadid una proporción un poco mayor de agricultores, y tendréis la población de Werst o sea algunos cientos de habitantes.

Puede decirse que el tal pueblecillo está formado por sólo una larga calle, cuyas bruscas pendientes hacen la subida y la bajada muy penosas a lo largo de la garganta de Vulcano.

Sirve de camino natural entre la frontera valaca y la transilvánica. Por allí pasan los rebaños de bueyes, de carneros y cerdos, los carniceros, los vendedores de frutas y granos y algunos viajeros, muy pocos, que se aventuran por el desfiladero, en vez de tomar los ferrocarriles de Kolosvar y del valle del Maros. En verdad que la Naturaleza ha dotado generosamente la cuenca que se abre entre los montes de Brihar, Retyezat y Paring; no tan sólo es rica por la fertilidad de su suelo, sino también por la riqueza que encierra en sus entrañas: hay minas de sal gema en Thorda, con un rendimiento anual de más de 20.000 toneladas; el monte Parajd, cuya cúspide mide siete kilómetros de circunferencia, está únicamente formado de cloruro de sodio; las minas de Torotzko producen plomo, galena, mercurio y sobre todo hierro, cuyos yacimientos están en explotación desde el siglo X; las minas de Vayda Hunyad dan un mineral que, transformado en acero, resulta de superior calidad; hay también minas de hulla fácilmente, explotables bajo las primeras capas de estos valles lacustres en el distrito de Hatzeg, en Livadzel y Potroseny vasto recinto cuyo contenido se ha estimado en doscientos cincuenta millones de toneladas; y, en fin, minas de oro en Offenbanya, en Topanfalva, la región de los trabajadores que se dedican a limpiar las arenas auríferas de los ríos, y en donde miriadas de molinos, sencillamente dispuestos, trabajan las arenas del Veres-Patak, el Pactalo transilvánico, y que exportan cada año valor de dos millones de francos del precioso metal.

Parecía que una region tan favorecida por la naturaleza, había de aprovechar aquella riqueza en favor de sus habitantes. Sin embargo, no es así. Si bien los centros más importantes como Torotzko, Petroseny y Lonyai poseen algunas instalaciones industriales a la moderna; si bien allí se ven edificaciones regulares, sometidas a la uniformidad de la escuadra y la plomada, depósitos, almacenes, verdaderas poblaciones obreras; si están dotadas de cierto número de casas con ventanas y balcones, no se encuentra eso ni en la aldea de Werst ni en la de Vulcano.

Unas sesenta casas irregularmente edificadas sobre la única calle, cubiertas de un caprichoso tejado que sobresale por los muros de arena, con fachada hacia el jardín; un granero con ventana por cada habitación, con una ruinosa granja al lado; un establo cubierto de paja; aqui y allá algún pozo con polea, de la que pende una cuerda, dos o tres charcas que se desbordan con las tormentas, arroyuelos de cursos tortuosos. Tal es la aldea de Werst, emplazada sobre ambos lados de la calle entre los, oblicuos taludes del desfiladero. A pesar de esto, es fresca y tiene atractivos: hay flores en puertas y ventanas, tapias de verdura que cubren los muros, hierbas revueltas que se mezclan con las espigas de color de oro viejo y con las ramas de los olmos, álamos, hayas, abetos y erables que sobresalen por una de las casas, «tan altos como pueden subir». Al otro lado, las escalonadas estribaciones de la cordillera, y allá en lontananza, las cimas de los montes que se confunden con el azul del cielo.

En Werst, como en toda aquella región de Transilvania, no se habla el alemán ni el húngaro, sino el rumano; hasta en las mismas familias tsiganes establecidas, más bien que acampadas en las diversas aldeas del distrito.

Estos extranjeros toman la lengua del país, como toman la religión. Los de Werst forman una especie de pequeña tribu, bajo el miedo del vaivoda, con sus caravanas, sus barakas de puntiagudo tejado, sus legiones de niños, siendo bien diferentes por sus costumbres y regularidad de hábitos, a las de sus congéneres que andan errantes por

Europa. Observan en sus ceremonias el rito griego, amoldándose a la religión de los cristianos entre los que viven. La autoridad religiosa de Werst está en manos de un pope que reside en Vulcano y ejerce sus funciones en ambas aldeas, separadas solamente por media milla.

La civilización es como el aire y como el agua: allí donde encuentra un resquicio, por pequeño que sea, allí penetra, y modifica las condiciones de un país. Hay que reconocer que este resquicio no se ha presentado aún en la región meridional de los Cárpatos. De

Vulcano ha dicho Eliseo Reclus «que es el último lugar de la civilización en el valle del Sil valaco». No hay pues, que asombrarse de que Werst sea una de las más atrasadas aldeas del distrito de Kolosvar. ¿Y cómo puede ser otra cosa en lugares como los antedichos, donde nace, se crece y se muere sin haber salido de ellos? Ocurrirá preguntar ahora: ¿No hay un maestro de escuela? ¿No hay un juez en Werst? Indudablemente; pero el dómine Hermod sólo puede enseñar lo que sabe, que es bien poco; apenas leer, escribir y contar. La instrucción no pasa de aquí. En ciencias, en historia, en geografía y en literatura, no conoce otra cosa que los cantos populares y las leyendas del país; su memoria es escasa.

Su fuerte es todo aquello que tiene sabor fantástico, de lo que secan gran provecho los pocos escolares de la aldea.

En cuanto al juez, conviene explicar la razón de tal título del primer magistrado de Verst. El biró Sr. Koltz era un hombrecillo como de unos cincuenta y cinco a sesenta años, de origen rumano, de cabellos raros y encanecidos, bigote aún negro y ojos de más dulzura que viveza; de fuerte complexión, como buen montañés; cubre su cabeza con la magnífica gorra de fieltro, y sujeta su vientre con un cinturón de historiada hebilla; su chaqueta sin mangas, y el pantalón corto y hombacho, metido en altas boúas de cuero.

Más bien alcalde que juez, por más que sus funciones le obligasen a intervenir en las múltiples contiendas entre vecinos, se ocupaba principalmente de administrar su aldea con poder discrecional, y no gratis en verdad. En efecto: todas las transacciones, compras o ventas estaban gravadas con un impuesto a su favor, sin hablar del derecho de peaje que extranjeros, turistas o traficantes se apresuraban a entregarle.

Tan lucrativo cargo había proporcionado al Sr. Koitz cierta holgura. Si la mayoría de los aldeanos del distrito son roídos por la usura, que no tardará en hacer a los judíos prestamistas verdaderos propietarios del suelo, el biró había sabido escapar a su rapacidad. Sus bienes estaban libres de hipotecas   o «intabulaciones» según se dice en la comarca. A nadie debía nada. Hubiese más bien prestado que tomado a préstamo, y lo hubiera hecho, no sin despellejar a la pobre gente. Poseía muchos prados con buenos pastos para sus rebaños; campos bien cultivados, aunque hostil siempre a los adelantos; viñas que halagaban su vanidad, al pasearse por entre las hermosas cepas cargadas de racimos, y cuya cosecha vendía siempre con gran provecho, prescindiendo de la parte que se reservaba para su consumo particular.

No hay que decir que la casa de Koltz era la más hermosa del pueblo. Estaba situada esquina al terraplén de la calle antes dicha. Una casa de piedra con su fachada al jardín, su puerta entre la tercera y la cuarta ventana, con sus festones de verdura que orlan el alero con su cabelludo ramaje. Dos grandes hayas de alta y florida copa. Detrás, un hermoso verjel en el que se ven plantaciones de legumbres, formando cuadros, y filas de árboles frutales alineados sobre el talud. En el interior de la casa hay bonitas y limpias habitaciones, para comer y dormir, con sus muebles pintarrajeados, mesas, camas, bancos, escabeles y aparadores llenos de brillante vajilla. De las vigas del techo penden lámparas adornadas de cintas y telas de vivos colores. Se ven también pesados cofres, forrados y claveteados, que sirven de mesas y de armarios. En las blancas paredes hay retratos, iluminados con color rabioso, de patriotas rumanos, entre otros el del popular héroe del siglo XV, el vaivoda Vayda-Hunyad.

He aquí una encantadora habitación, muy grande para un hombre solo. Pero es que el amo Koltz no estaba solo. Viudo hacía diez años, tenía una hija, la bella Miriota, muy admirada de Werst a Vulcano, y aún más allá. Hubiese podido llevar por nombre uno de esos extraños que se usan en

Valaquia, tales como Florica, Daiva, Dauricia; pero no; se llamaba Miriota, es decir, «corderita». La corderita había crecido, y era al presente una hermosa joven de veinte años, rubia, con ojos garzos de dulce mirada, encantadoras facciones y de formas esculturales, y su hermosura resaltaba más aún vestida con su camiseta bordadada de hilo rojo en el coleto, en los puños y en los hombros, su falda sujeta con un cinturón de hebillas de plata, su «catrinza,», doble delantal de rayas azules y rojas, anudado a la cintura, sus botitas de cuero color de avellana, y con el ligero pañuelo a, la cabeza, dejando al viento sus largas trenzas, adornadas con una cinta o una monedita.

Sí: Miriota era una hermosa joven, y rica por añadidura, en aquel pueblecillo perdido en el fondo de los Cárpatos. ¿Mujer de su casa? Sin duda dirige admirablemente la casa de su padre. ¿Instruida? ¡Bah!... Educada en la escuela del maestro Hermond, sabía leer, escribir y contar con corrección; pero no ha pasado de ahí, ni hace falta. En cambio, nada nuevo podía aprender en lo referente a las fantásticas leyendas del país. Sabía de esto tanto como su maestro. Sabía la leyenda de Leany-Kö «el peñasco de la Virgen», donde una joven princesa, un si es o no es fantástica, escapa a las persecuciones de los tártaros; la leyenda de la gruta del dragón, en la hondonada de la Cuesta del Rey; la de la Fortaleza de Deva, construida en los tiempos de las hadas; la leyenda de la Detunata, la herida del rayo, célebre montaña basáltica, semejante a un gigantesco violín de piedra, y cuyo instrumento toca el diablo en las noches de tormenta; la leyenda del Retyezat, con su cima arrasada por un sortilegio, y la del desfiladero de Thorda, abierto de una estocada de San Ladislao. Confesaremos que Miriota rendía entera fe a semejantes fábulas, sin dejar de ser por esto una encantadora joven, y tal les parecía a muchos mozos del país, y esto sin tener en cuenta que era la única heredera del biró Koltz, primera autoridad de Werst.

Pero era inútil cortejarla: ¿acaso no era ya la prometida de Nicolás Deck?

Era Nicolás Deck, o, por mejor decir, Nic Deck, un bizarro tipo rumano. Veinticinco años, buena estatura, complexión vigorosa, alta la cabeza, cabello negro que cubre el kolpak blanco; franca mirada, actitud resuelta bajo su traje de piel de cordero, bordado en las costuras y bien ajustado a sus piernas finas, verdaderas piernas de ciervo, y de airoso continente. Era guardabosque de un distrito; es decir, casi tan militar como civil. Como quiera que poseía alguna labor en las cercanías de Werst, el padre de Miriota miraba al mozo con buenos ojos; y como el joven era apuesto y amable, tampoco desagradaba a Miriota, por quien él sentía verdadero amor.

Nadie debía, pues, pensar ni en mirarla siquiera.

El matrimonio de Nic Deck y de Miriota Koltz debía celebrarse a los quince días del momento en que comienza esta historia. Con este motivo habría fiesta en la aldea; el señor Koltz haría conveNicntemente las cosas: no era avaro; y si bien le gustaba ganar dinero, no rehusaba gastarlo cuando llegaba la ocasión. Terminada la ceremonia, Nic Deck elegiría domicilio cerca del biró, y cuando Miriota le tuviera a su lado, quizas se curaria del miedo que ahora sentía sólo al ruido de una puerta o al chasquido de un mueble durante las largas noches del invierno, creyendo a cada momento que iba a aparecer alguno de los fantasmas héroes de sus leyendas favoritas.

Para completar la lista de los «notables» de Werst conviene citar dos más, y no de los menos importantes: el maestro y el médico.

El maestro Hermod era un hombre grueso, con anteojos, de cincuenta y cinco años de edad, y fumador infatigable en pipa de porcelana, cuyo tubo pendía siempre de sus dientes. Poco y desgreñado pelo sobre su cráneo aplastado, cara seca, con un hoyuelo en la mejilla izquierda. Su gran tarea era cortar las plumas de ave de que se habían de servir sus discípulos, con prohibición expresa de usar las de acero. Había que verle cortándolas con su navajita bien afilada. ¡Con qué precisión daba el golpe final que remataba su obra, guiñando un ojo al mismo tiempo! Ponía exquisito cuidado, antes que en nada, en que sus discípulos tuviesen buena letra. . . Esto era lo principal. La instrucción venía después... ; y ya se sabe todo lo que enseñaba el buen dómine a las futuras generaciones que se sentaban en los bancos de su escuela.

Hablemos ahora del médico Patak... ¿Cómo había un médico en Werst, en aquel pueblo en que solamente se creía en las cosas sobrenaturales? Hay que explicar antes, como lo hicimos al hablar del juez Koltz, lo que había sobre el título de médico de Patak.

Era éste un hombrecillo de saliente abdomen, grueso, bajo, y de cuarenta y cinco años; ejercía la medicina corriente en Werst y en sus cercanías. Con su imperturbable aplomo y su facundia atronadora inspiraba no menos confianza que el pastor Frik, lo que no era poco. Cobraba consultas y drogas, inofensivas éstas, que no empeoraban los males de sus clientes; males que se hubieran curado solos. La salud es buena en aquella parte de la montaña: el aire que se respiraba es puro; las enfermedades epidémicas, desconocidas, y si la gente se muere, es porque nadie se libra de esta dura ley, ni aun en aquel privilegiado rincón. En cuanto a Patak, se le llamaba doctor; pero no tenía instrucción ninguna, ni en medicina, ni en farmacia, ni en nada. Era sencillamente un antiguo enfermero del lazareto, cuya obligación consistía en vigilar a los viajeros detenidos en la frontera para obtener la patente de sanidad. Esto bastaba, al parecer, a la sencilla población de Werst. Hay que añadir y esto no debe sorprender que el doctor Patak era un «espíritu fuerte», como convenía a su profesión, y que, por lo tanto, no admitía las supersticiones que por allí corrían, ni tampoco las que se referían al castillo.

Tomaba esto a broma y a risa; y cuando oia decir que nadie se había
aventurado, desde tiempo inmemorial, a acercarse al castillo, decía:

-No habrá quien me desafíe a hacer una visita a ese caserón.

Y como nadie le desafiaba, ni pensaba en ello, el doctor Patak no llegó a ir;
y como la credulidad seguía en aumento, el castillo continuaba siempre
envuelto en impenetrable misterio.

CAPÍTULO IV

Bastaron pocos instantes para que la noticia dada por el pastor Frik se
extendiese por el pueblo. El Sr. Koltz, cargado con el precioso anteojo
acababa de entrar en su casa, seguido de Nic Deck y Miriota; en el terraplén
quedábase Frik entre un grupo de gente de pueblo, al que se unió otro de
tsiganes, que no eran los que se mostraban menos emocionados.

Todos rodeaban a Frik apremiándole a preguntas, y el pastor respondía con
esa soberbia importancia de un hombre que acaba de ver una cosa
extraordinaria.

-Sí, repetía, el castillo humeaba... Todavía humea, y humeará mientras esté
piedra sobre piedra.

-¿Y quién ha podido encender ese fuego? preguntó una vieja con las manos
juntas.

-¡El Chort! respondió Frik, dando al diablo el nombre que se le daba en el
país. He aquí un malo que se entretiene en prender fuego y no en apagarle.

Y cada uno trató de ver el humo sobre la punta del torreón, y la mayor
parte afirmó que la distinguía perfectamente, aunque a aquella distancia era
por completo invisible.

¡Imposible fuera imaginar el efecto que produjo aquel singular fenómeno!
Es necesario insistir sobre este punto. Colóquese el lector en una disposición
de ánimo igual a la de las gentes de Werst, y no se asombrará de los hechos
que van a ser referidos. No le pido que crea en lo sobrenatural, sino
únicamente que se ponga en el caso de aquella población, Y dé fe a este
relato. A la desconfianza que inspiraba el castillo de los Cárpatos, que todo el
mundo creía inhabitado, iba a unirse ahora el espanto, pues, que parecía, estar
habitado... y ¡por qué seres, Dios mío!

Existía en WeTst un lugar de reunión, frecuentado por bebedores y aun por
otros que, sin beber, gustaban de ir allí para hablar de sus negocios después

del trabajo. Estos últimos en número reducido, como se comprende. Dicho establecimiento público era la principal, o por mejor decir, la única posada del pueblo.

¿Quién era el propietario? Un judío llamado Jonás, hombre de unos sesenta años, de fisonomía atractiva, pero de marcado tipo semítico, con sus ojos negros, su curva nariz, su labio alargado, sus cabellos lisos y su tradicional perilla. Obsequioso y amable, prestaba de buen grado pequeñas cantidades a unos y otros, sin mostrarse muy exigente en garantías ni muy usurario, porque estaba seguro de ser reembolsado del préstamo en la época del vencimiento. ¡Pluguiese al cielo que los judíos establecidos en Transilvania fueran tan acomodaticios como el posadero de Werst!

Desgraciadamente, el buen jonás era una excepción.

Sus correligionarios y colegas, que son todos tenderos, vendiendo bebidas y artículos de comestibles, practican el oficio de prestamistas con usura inquietante para el porvenir del aldeano rumano. Hemos de ver cómo la propiedad del suelo pasa poco a poco, de la raza indígena, a la raza extranjera. No satisfechas las deudas los judíos llegarán a hacerse dueño de las hermosas tierras hipotecadas; y si la tierra prometida no existe ya en Israel, acaso figure algún día en los mapas de Transilvania.

La posada del Rey Matías, así se titulaba, estaba situada en uno de los ángulos del terraplén, en la calle Mayor de Werst, y en la esquina opuesta a la casa del biró. Era una casa vieja, mitad de madera, mitad de piedra, muy remendada por algunos sitios, pero muy adornada de verdura y de atractiva apariencia.

Constaba de planta baja únicamente, con puerta vidriera que daba sobre el terraplén. En el interior, y en primer término, había una sala grande, llena de mesas y de taburetes, con un aparador de encina carcomida, donde resplandecían los platos, los jarros y los frascos, y un mostrador de ennegrecida madera, tras del cual estaba en pie Jonás, al servicio de la clientela.

He aquí cómo aquella sala recibía la luz. Tenía dos ventanas en la fachada sobre el terraplén, y otras dos en la pared del fondo. De las dos primeras, una estaba velada completammte por una espesa cortina de plantas trepadoras o colgantes: estaba condenada, y apenas dejaba pasar un poco de claridad. La otra permitía extender la mirada sobre todo el valle interior del Vulcano.

Debajo corrían las aguas tumultuosas del torrente de Nyad; por un lado descendía el torrente por el desfiladero, engrosado en las alturas de la meseta de Orgall, coronada por los muros del castillo: mientras que por el otro, siempre crecido por los arroyos de la montaña, aun durante el estío, descendía engrosando hacia el Sil valaco, que lo absorbía en su curso.

A 1a derecha, y contiguos a la sala, media docena de cuartitos bastaban para alojar a los pocos viajeros que antes de traspasar la frontera deseaban descansar en el Rey Matías.

Se les dispensaba buena acogida, a precios modicos, por un posadero atento y servicial, siempre provisto de buen tabaco, que iba a buscar a los mejores «trafiks» de las cercanías. Jonás, por su parte, ocupaba un estrecho camaranchón, cuya ventana daba sobre el terraplén.

En esta posada hubo reunión de los notables de Werst la noche del 25 de mayo. Entre otros estaban el Sr. Koltz, el maestro Hermod, el guardabosque Nir, Dock, una docena de los principales de la aldea, y el pastor Frik, que no era el menos importante. Faltaba el doctor Patak, cuyos auxilios médicos habían sido solicitados a toda prisa por uno de sus antiguos clientes, que sólo al doctor esperaba para pasar al otro mundo. El doctor había prometido asistir a la reunión cuando ya no fueran necesarios sus cuidados al difumo.

En tanto que llegaba el ex-enfermero, se hablaba del grave suceso del día; mas no se hablaba sin comer y beber. Jonás ofrecía a unos de sus parroquianos la crema de maíz conocida con el nombre mamaliga, no del todo desagradable si está bien empapada en leche fresca. A otros les ofrecía copitas de licores fuertes, que corren como agua pura por los gaznates rumanos, alcohol de schnaps, cuyo vaso cuesta medio sueldo, y más particularmente el rakiu, aguardiente fortísimo de ciruelas, cuyo consumo es considerable en la región de los Cárpatos.

Conviene advertir que en 1a posada había la costumbre de que Jonás no servía mas que al plato, es decir, a las personas en la mesa, porque había observado que los parroquianos sentados consumen más que los que lo hacen en pie.

Aquella noche el negocio prometía ser bueno, puesto que los concurrentes se disputaban todos los asientos. Jonás iba de mesa en mesa con la botella en la mano, llenando los vasos, vaciados al momento. Eran las ocho y media: desde el anochecer estaban perorando; sin llegar a entenderse sobre lo que convenía hacer, dadas las circunstancias. Solamente en un punto estaban acordes, y era en que, de estar habitado por desconocidos el castillo de los Cárpatos, vendría esto a ser tan peligroso para Werst, como un polvorín a la entrada de la ciudad.

-Es muy grave, dijo el señor Koltz.

-Muy grave, repitió el -maestro entre dos fumadas de su inseparable pipa.

-¡Muy grave! dijeron los demás.

-Lo que no es dudoso, añadió Jonás, es que la mala reputación del castillo causaba ya gran pesadumbre en el país...

-¡Y ahora será otra cosa! exclamó el maestro.

-Aquí casi nunca vienen extranjeros, añadió el juez con un suspiro.

-Y ahora vendrán menos, dijo Jonás uniendo su suspiro al del biró.

-Muchos habitantes piensan marcharse, dijo uno de los bebedores.

-Yo el primero, dijo un aldeano de las cercanías. Así que venda las viñas me voy...

-¡Pues no sé cómo encontraréis comprador, abuelo! repuso el posadero.

Se ve, pues, cuál era el tema de la conversación de aquellos dignos notables. Al terror que cada uno de ellos sentía ante el suceso, había que añadir el sentimiento de sus intereses lesionados. Sin viajeros, ¿qué iba a hacer Jonás en su posada? Sin viajeros, el juez Koltz, ¿cómo cobrarse el peaje, cuya cifra iba bajando gradualmente? Sin adquirientes para las tierras del Vulcano, los propietarios no podrían venderlas ni a vil precio. Y tal situación, que ya venía de tiempo atrás, amenazaba agravarse aún.

-En efecto: si esto había sucedído cuando los espíritus del castillo se mantenían a la expectativa y en reserva, sin ser vistos por nadie, ¿qué sería ahora, que manifestaban su presencia con actos ostensibles?

El pastor Frik aventuró con voz vacilante:

-Acaso habría que...

-¿Qué? preguntó el juez Kaliz.

-Ir a ver, mi amo...

Todos se miraron; después bajaron los ojos, y nadie respondió.

Entonces Jonás, dirigiéndose al señor Koltz, tomó la palabra, y con voz más firme dijo:

-Vuestro pastor acaba de indicar el único medio posible.

-¡Ir al castillo... !

-Sí, amigos míos, respondió el posadero. Si sale humo de 1a chimenea del torreón, es que allí hay fuego, y si hay fuego; es que alguna mano lo ha encendido...

- ¡Una mano! ... ¡Una garra! replicó el vieio aldeano sacudiendo la cabeza.

-Mano o garra, dijo el posadero, poco importa. Lo que hay que saber es lo que esto significa. Desde que el barón Rodolfo de Gortz abandonó el castillo, es le primera vez que ha salido humo de las chimeneas.

-Podría ser, sin embargo, que hubiese habido humo sin que nadie lo advirtiera, hizo observar el juez.

-Eso no es admisible, replicó vivamente el maestro.

-Por el contrario, es muy admisible, respondió el biró, puesto que no teníamos anteojo para observar lo que pasaba en el castillo.

La observación era atinada. Podía haberse producido mucho tiempo antes aquel fenómeno, sin ser notado ni aun por el pastor Frik, a pesar de su buena vista.

Como quiera que fuese, que dicho fenómeno fuera reciente o no, era indudable que en el castillo de los Cárpatos había actualmente seres humanos; como también lo de aquel hecho constituía una vecindad peligrosa en extremo para los habitantes de Vulcano y de Werst.

El maestro Hermod hizo entonces esta observación, en apoyo de sus creencias:

-¡Seres humanos! Permitidme que no lo crea, amigos míos; porque ¿cómo habían de haber pensado en refugiarse en el castillo, y con qué intención y de qué manera habrían llegado?

-¿Qué queréis, pues, que sean? exclamó Kcdtz.

-¡Seres sobrenaturales! exclamó -el maestro con imponente voz. ¿Por qué no han de ser espíritus, fantasmas, duendes? Acaso algunos de esos peligrosos monstruos que se presentan bajo la forma de hermosas mujeres...

Y mientras el maestro iba haciendo esta enumeración, todas las miradas se fijaban en la puerta, en las ventanas, en la chimenea de la sala de la posada del Rey Matías, y cada uno se preguntaba si acaso iba a ver aparecer alguno de aquellos fantasmas que el maestro había evocado.

-Sin embargo, amigos, observó Jonás, si esos seres son espíritus, no me explico para qué han encendido fuego; porque ¿qué van a guisar?

-¿Y sus sortilegios? respondió el pastor. ¿Olvidáis que el fuego es necesario para ellos?

-Evidentemente, añadió el maestro, con un tono que no admitía réplica.

Aquella idea fue aceptada sin oposición. Era opinión unánime que no humanos, sino espíritus, habían elegido el castillo de los Cárpatos para teatro de sus operaciones.

Hasta aquí Nic Deck no había tomado parte en la conversación. El guardabosque se limitaba a escuchar atentamente lo que unos y otros decían.

El vicio castillo feudal, con sus misteriosos muros, le había siempre inspirado tanta curiosidad como respeto. Y como era hombre valiente, por más que muy crédulo, como buen habitante de Werst más de una vez había manifestado deseos de franquear la antigua muralla.

Ya se comprenderá que Miriota habíale hecho desistir de tan aventurado proyecto. Si él hubiese sido libre, pudiera haber satisfecho su deseo; pero un novio no se pertenece, y aventurarse en tales hazañas, hubiese sido obra de un loco, no de un enamorado.

Sin embargo, no obstante sus súplicas, Miriota temía siempre que el guardabosque pusiera en ejecución su proyecto. La tranquilizaba el saber que Nic Deck no había declarado formalmente que iría al castillo; porque de haberlo declarado, nadie tendría bastante imperio sobre él, ni aun ella. Y lo sabía muy bien: Nic era un mozo resuelto que jamas volvía sobre su palabra: cosa dicha, cosa hecha. Así, pues, Míriota hubiera estado en brasas de sospechar las ideas que en aquel momento cruzaban por la mente del joven.

Nic Deck guardó silencio, y nadie aceptó la proposición del pastor. ¡Ir al castillo de los

Cárpatos estando habitado! ¿Quién se atrevería a ello, a menos de haber perdido el juicio? Así que cada uno iba dando las mejores razones para excusarse. El biró no estaba ya en edad de arriesgarse en tamañas aventuras; el maestro tenía su obligación en la escuela; Jonás no podía dejar la posada; Frik no podía abandonar sus rebaños, y los otros aldeanos estaban ocupados en sus faenas agrícolas. No. ¡Nadie consentiría en sacrificarse, diciendo todos para su coleto: «El que tenga la audacia de ir al castillo, podrá ser que no vuelva»!

En aquel instante, y con gran espanto de todos, se abrió bruscamente la puerta de la posada. Era el señor Patak, y difícil hubiera sido, en verdad, tomarle por uno de aquellos espíritus fantásticos de los que el Sr. Hermod había hablado.

Habiendo muerto su oliente, lo cual hacía honor a su perspicacia médica, ya que no a su talento, el doctor se había apresurado a acudir a la reunión de la posada.

-¡Aquí está, por fin! exclamó el señor Koltz -al verle.

El Sr. Patak distribuyó apretones de manos a todo el mundo, como si hubiese distribuido drogas, y con tono un sí es o no es irónico, exclamó:

-¡Hola, -amigos! ¿Estáis hablando del castillo, de ese castillo del diablo? ¡Ah, holgazanes! Si el castillo quiere fumar, dejadle que fume. ¿Acaso nuestro sabio Hermod no está fumando todo el día? El país está consternado.

En mis visitas no he oído hablar de otra cosa. Los que han vuelto han encendido fuego allá abajo. Estarán constipados... Hará mucho frío en el mes de mayo en las cámaras del torreón. Como no sea que estén cociendo pan para el otro mundo, lo cual puede ser verdad, para el caso en que se resucite. Todo eso significa que los panaderos del cielo han venido a hacer una hornada.

Y de esta suerte estuvo diciéndoles cuchufletas, indudablemente muy poco del gusto de las gentes de Werst, y que el doctor Patak decía con increíble jactancia. Nada le contestaron. Solamente el biró le preguntó:

-¿De manera doctor, que no concedéis importancia alguna a lo que pasa en el castillo?

-Ninguna, señor Koltz.

-¿No habíais dicho que estábais dispuesto a ir allí, si se os desafiaba?

-¡Yo! respondió el antiguo enfermero, no sin disgusto de que se le recordasen sus palabras.

-Vamos, ¿no lo habéis dicho mil veces? insistió el maestro.

-Sí que lo he dicho. ¿Se trata de que lo repita?

-Se trata de hacerlo, dijo Hermod.

-¿Hacerlo?

-Sí. Y ya no es desafiaras, sino rogáros, añadió el señor Koltz.

-Ya comprendéis, amigos ... Ciertamente... Esa proposición ...

Entonces dijo el posadero:

-Bien, puesto que vaciláis, no os lo rogamos; os desafiamos a que lo hagáis.

-¿Me desafiáis?

-Sí, doctor.

-Jonás, vais demasiado lejos, repuso el biró. No es preciso desafiar a Patak. Sabemos que es hombre de palabra y que cumple lo que dice, aunque no sea más que por prestar este servicio al pueblo y a todo el país.

-¡Cómo! ¿Pero es en serio? ¿Queréis que vaya al castillo de los Cárpatos? repuso el doctor, cuya faz rubicunda se había tornado pálida.

-No podéis excusaros, respondió categóricamente Koltz.

-Yo os suplico, amigos, os suplico que razonemos, si queréis.

-Todo está razonado respondió Jonás.

-Pero no seamos locos. ¿Qué voy a conseguir con ir allí? ¿Qué voy a encontrar? Alguna buena gente que se ha refugiado en el castillo, y que a nadie incomodo.

-Pues bien, replicó el maestro de escuela; si son buenas gentes, nada tenéis que temer, y así tendréis ocasión de ofrecerles vuestros servicios.

-Si tuviesen necesidad de ellos, si me llamasen, yo no vacilaría en ir al castillo; pero yo no visito gratis.

-Se os pagará vuestra molestia a tanto la hora, dijo el juez.

-¿Y quién me la pagará?

-Yo... Todos. Al precio que queráis, respondió la mayor parte de los parroquianos de Jonás.

Evidentemente, y a despecho, de sus constantes fanfarronadas, el doctor era tan supersticioso como cualquiera otro de sus paisanos de Werst; pero ya una vez puesto en cierta disposición de ánimo y después de haberse mofado de las leyendas del país, encontrábase muy comprometido ante el servicio que de él se esperaba; era una situación difícil. Y, sin embargo, aunque fuese al castillo y le remunerasen la molestia, aquello no podía convenirle de modo alguno. Procuró sacar partido de este argumento: que su visita no tendría resultado, que el pueblo se cubriría de ridículo delegándole a él para explorar el castillo.

Sus argumentos promovieron más discusión.

-Me parece, repuso el maestro, que supuesto que no creéis en los espíritus, nada arriesgasen la visita.

-¡Yo qué he de creer en eso!

Ahora bien; si son seres de carne y hueso que han vuelto al castillo y se han instalado en él, hacéis conocimiento con ellos.

El razonamiento del maestro no carecía de lógica, y era difícil de refutar.

-Conforme, Hermod, replicó el doctor; pero pudiera verme retenido en el castilllo...

-Señal de que seríais bien recibido, añadió Jonás.

-Es claro; pero ¿y si mi ausencia se prolongase y alguno me necesitara en el pueblo?

-No; todos marchamos a las mil maravillas, repuso Koltz; no hay un enfermo en Werst desde que vuestro último cliente tomó el pasaporte para el otro mundo.

-Vamos, con franqueza, ¿os decidís a ir? preguntó el posadero.

-Vaya...., no. ¡Oh, y no es por miedo! Ya sabéis que yo no creo en brujerías. La verdad, eso me parece absurdo, y, lo repito, ridículo. ¿Que ha salido humo del torreón? ¿Y qué?

¿Y si no es semejante humo? Decididamente no voy al castillo de los Cárpatos; no.

-Yo iré.

El que pronunció estas dos palabras era Nic Deck, el guardabosque que hasta entonces no había tomado parte de la conversación.

-¿Tú, Nic? exclamó el juez.

-Yo; pero a condición de que Patak me acompañe.

Al oír esto, el doctor dio un salto para salir de aquel atolladero.

-¿Acompañarte yo? replicó. ¡Vaya un paseo delicioso que nos íbamos a dar! Y, por fin, si eso tuviera utilidad, podría uno aventurarse... Pero tú sabes muy bien, Nic, que no hay camino para poder ir al castillo. No podríamos llegar...

-He dicho que voy al castillo, repuso Nic, y allí iré.

-¡Sí, pero yo no lo he dicho! gritó el doctor agitándose como si estuvieran apretándole el cuello.

-¡Sí lo habéis dicho! replicó Jonás.

-¡Sí, sí! repitieron todos unánimes.

Él antiguo enfermero no sabía cómo escaparse de unos y de otros. ¡Ah, cuánto le pesaba habérselas echado de fanfarrón! Nunca creyó que aquello se tomase tan en serio. ni que le pusieran en tan duro trance. Y no tenía medio de excusarse, a menos que afrontase el ser objeto de burla en toda el pueblo. Decidió, pues, hacer de tripas corazón, como suele decirse.

-Bueno... puesto que así lo queréis, dijo, acompañaré a Nic Deck, por más que sea inútil.

-¡Bien, doctor, bien! exclamaron todos los parroquianos del Rey Matías.

-¿Y cuándo nos vamos? preguntó Patak, afectando cierta indiferencia que encubría mal su situación de ánimo.

-Mañana por la mañana, respondió Nic Deck.

Un prolongado silencio siguió a esas palabras. Esto indicaba cuán grande era la emoción de Koltz y compañeros. Los vasos y los jarros estaban vacíos y, sin embargo, aunque era tarde, nadie se levantaba ni pensaba en marchar en busca del hogar.

Entretanto pensaba Jonás que era buena ocasión para servir otra ronda schnaps y de rakiu...

De pronto dejóse oír en medio del silencio general una voz muy clara, que decía lentamente:

Nicolás Deck, no vayas mañana al castillo. ¡No vayas... o te pasará una desgracia!

¿Quién se había expresado de esta suerte? ¿¡De dónde salía aquella voz desconocida, que parecía surgír de una boca invisible?... Aquella voz era la de un aparecido, una voz sobrenatural, una voz de ultratúmba...

Nadie se atrevía a mirar, ni hablar palabra. El espanto llegó al colma. . .

El más valiente, Nic Deck, quiso averiguar de qué se trataba. Aquellas palabras habían sido pronunciadas allí dentro: en la sala. El guardabosque tuvo el arrojo de ir hacia el arcón, y abrirle.. .

Nadie.

Fue a mirar a las habitaciones que daban a la sala.

Nadie.

Abrió la puerta de la posada, y saliendo, a la calle recorrió el terraplén, hasta la esquina de la calle...

Nadie.

De allí a poco, el juez Koltz, Hermod el maestro, el doctor Patak, el pastor Frik y todos los demás, fuéronse de la posada, dejando solo a Jonás, que se dio gran prisa a echar las dos vueltas a la llave de la puerta de la calle.

Aquella noche, como si estuvie sen amenazados de una fantástica aparición, todos los vecinos de Werst atrancaban fuertemente sus puertas. . .

En la aldea reinaba el más es pantoso terror.

CAPÍTULO V

Al día siguiente, Nic Deck y el doctor Patak disponíanse a partir a las nueve de la mañana. Los propósitos del guardabosque eran remontar el desfiladero de Vulcano, dirigiéndose por lo más corto hacia el castillo sospechoso.

No hay que asombrarse de que, después del incidente del humo visto en el torreón y la voz oída en la posada, la población se mostrase como enloquecida de horror y miedo.

Algunos tsiganes hablaban ya de emigrar. En las casas no se trató aquella noche más que de aquello, y aun no en voz alta. Id, pues, a decirles que no era el diablo, el Chort, el que pronunció la terrible amenaza contra Nic Deck. Allí, en la posada de Jonás, estaban las personas más verídicas, y todas atestiguaban haber oído las tremendas palabras. Era, por lo tanto, inadmisible el suponer que hubiesen sido víctimas de una obsesión; no había duda de que si Nic Deck persistía en llevar a cabo su propósito, sufriría aquello que a él personalmente se le previno: una gran desgracia.

Y, no obstante, el guardabosque se aprestaba a salir de Werst, y por su gusto, sin que nadie le obligase. El señor Koltz, aunque tenía interés en la empresa, y la población entera que no tenía menos, habían puesto todos los medios para que Nic Deck desistiera de su proyecto y volviese sobre su palabra. La misma Miriota, desolada y anegada en llanto, había suplicado a su novio que abandonese la idea de tal aventura. Antes de la advertencia dada por la voz, ya era grave, después, era una temeridad. ¿Y qué? En vísperas de su matrimonio, ¿iba Nic Deck a arriesgar su vida en semejante tentativa, y su novia, que se arrastraba a sus plantas, no conseguía retenerle?

Ni los ruegos de sus amigos, ni el llanto de Miriota, pudieron torcer el ánimo del guardabosque; lo que no sorprendió a nadie, conociendo el carácter indomable del joven, su tenacidad o, por mejor decir, su terquedad. Había dicho que iría al castillo de los

Cárpatos, y nada podría impedirlo; ni aún aquella amenaza que tan directamente se le había hecho. Sí... Iría al castillo, aunque no volviese.

Cuando llegó la hora de partir, Nic Deck atrajo a Miriota hacia su corazón por última vez, en tanto que la joven se santiguaba con el pulgar, el índice y el dedo medio, según la costumbre rumana, y como homenaje a la Santísima Trinidad.

¿Y el doctor Patak? El doctor Patak, puesto en el trance de tener que acompañar al guardabosque, había tratado de excusarse, sin resultado. Había dicho cuanto podía decir; había hecho cuantas objeciones era posible hacer; se había parapetado tras de aquella misteriosa amenaza que prohibía ir al castillo...

-Esa amenaza sólo se refiere a mí, se limitó a responder Nic Deck.

-¿Y tú piensas, le dijo el doctor, que si te sucediese una desgracia ¡iba yo a salir ileso?

-Ileso o no, habéis prometido ir al castillo, y vendréis, puesto que yo voy.

Las gentes de Werst, comprendiendo que no podía tener ya pretexto alguno, habían dado la razón al guardabosque; era mejor que Nic Deck no se aventurase solo en aquel lance. Así, pues, el despechado doctor, convencido de que ya no podía retroceder, lo que hubiera sido comprometer su situación en el pueblo, máximo después de sus balandronadas de costumbre, se resignó con el espanto en el alma, pero con el firme propósito de aprovechar el menor obstáculo del camino para obligar a su compañero a volver atrás.

Nic Deck y el doctor Flatak partieron. El Sr. Koltz, el maestro Hermod, Frik y Jonás fueron acompañándoles hasta el recodo de la carretera, donde hicieron alto.

En aquel punto, el Sr. Koltz, con su anteojo, del que ya no se separaba dirigió su mirada al castillo. Ningún humo se percibía en la chimenea del torreón; y en aquella hermosa mañana de primavera hubiera sido fácil advertirle, destacándose en el puro color del horizonte. ¿Sería acaso que los naturales o sobrenaturales huéspedes del castillo habían desertado al ver que el guardabosque no hacía caso de sus amenazas? Así lo pensaron algunos, lo cual era una razón decisiva para augurar el buen éxito de la expedición.

Después de las naturales despedidas, Nic Deck, arrastrando consigo al doctor desapareció en la revuelta de la montaña. Iba el joven en traje de viaje, con gorra de galón de ancha visera, chaqueta con cinturón, y pendiente de éste el cuchillo, pantalón bombacho, botas herradas, cartuchera y la carabina al hombro. Tenía justa fama de ser un hábil tirador, y como a falta de aparecidos podían encontrarse con algunos bandidos de las fronteras, o, en defecto de bandidos, algún oso mal intencionado, era muy prudente apercibirse a la defensa.

El doctor, por su parte creyó oportuno armarse con un viejo pistolón de chispa, que de cada cinco tiros erraba tres. También llevaba un hacha, que su compañero le había dado para el caso probable de tener que abrirse camino por entre los espesos matorrales del Plesa. Iba cubierto con el ancho sombrero propio de los campesinos, bien abotonado el fuerte capote de monte, y calzado con botas de recia suela; pero la verdad era que si se presentaba ocasión, no obstante las dificultades de aquellos arreos, correría como un gamo en dirección a Werst.

Ambos llevaban las alforjas bien provistas de víveres, por si la explicación se prolongaba.

Cuando pasaron el recodo del camino, siguieron juntos a alguna distancia, remontando la orilla derecha del Nyad. De seguir el camino que rodea los barrancos de la vertiente, se hubieran separado mucho hacia el Oeste. Era lamentable que no pudieran continuar costeando el cauce del torrente, lo que hubiese abreviado la distancia en una tercera parte, puesto que el Nyad viene a nacer bajo la meseta de Orgall; pero en el punto en que se hallaban, la ribera, llena de barrancos y de rocas, era impracticable en absoluto, siendo necesario cortar oblicuamente hacia la izquierda, en dirección al castillo, después de haber franqueado la zona inferior de los bosques del Plesa, que era el único punto por donde la fortificación podía ser abordada.

En la época en que el castillo estaba habitado por el conde de Gortz, la comunicación entre Werst, la garganta del Vulcano y el valle del Sil valaco, era una estrecha vereda que se había abierto en aquella dirección; pero obstruida durante veinte años por espesas matorrales, inútilmente se hubieran buscado las huellas de un camino.

Cuando iban a dejar el profundo cauce del Nyad, lleno de agua que mugía, Nic Deck se detuvo para orientarse. Desde aquel punto no se veía el castillo, ni le verían ya hasta llegar al otro lado de los bosques, escalonados en la pendiente de la montaña: situación topográfica muy frecuente en la orografía de los Cárpatos. La orientación era, pues, difícil de determinar, por falta de señales; y sólo podía establecerse por la posición del sol, cuyos rayos iluminaban entonces las lejanas crestas del S. E

-¿Lo ves? dijo el doctor. ¿Lo ves? No hay camino, o, por mejor decir, no le habrá ya.

-Lo habrá, respondió Nic Deck

-Eso se dice fácilmente, Nic.

-Y se hace, Patak.

-¿De manera que sigues decidido?...

El guardabosque se contentó con responder con un gesto afirmativo, y se internó en la arboleda. En aquel momento el doctor sintió vehementes deseos de desandar lo andado.

Mas Nic le miró con tal resolución, que el poltrón no creyó oportuno quedarse atrás.

El doctor Patak aún tenía una última esperanza: que Nic no tardaría en extraviarse en aquel laberinto de bosques donde nunca había prestado servicio; mas el doctor no contaba con ese olfato maravilloso, ese instinto profesional, aptitud animal, por decirlo así, que permite guiarse por los menores indicios, tales como la dirección de las ramas, el desnivel del terreno, el color de las cortezas, los variados matices de los musgos, según estén a los vientos del Sur o del Norte, Nic Deck era experto en su oficio, y tenía una sagacidad muy superior para no perderse nunca, ni aún en los puntos desconocidos para él. Hubiese sido digno discípulo de un Bas-de-Cuir o de un Chingakook al través del país de Cooper.

En verdad que el atravesar aquel bosque iba a ofrecer serias dificultades. Olmos, hayas, algunos erables, de los llamados plátanos falsos, y seculares encinas, ocupaban los primeros planos hasta la zona de los abedules, pinos y abetos, amontonados sobre las altas cimas, a la izquierda de la garganta del Vulcano. Aquellos árboles magníficos, con su poderosos troncos, sus ramas henchidas de savia nueva, su ramaje espeso, entremezclándose unos con otros, formaban una verde cortina, que los rayos del sol no podían penetrar.

No obstante, el paso pudiera ser relativamente fácil encorvándose bajo las ramas. Pero ¡qué trabajo hubiera sido preciso para quitar los múltiples obstáculos que el suelo presentaba, para limpiar todo aquello de plantas espinosas, de ortigas, de zarzas, de cardos y escaramujos, a pesar de ser tan frágiles que al más leve esfuerzo se arrancan!

Nic Deck no era hombre que se inquietase, y supuesto que atravesando el bosque se ganaba mucha distancia, no se ocupaba gran cosa de los arañazos.

En tales condiciones, la marcha forzosamente había de ser lenta, lo que contrariaba mucho a Nic Deck y a su compañero, que se proponían llegar al castillo aquella misma tarde. De esta suerte, tendrían suficiente luz para efectuar su visita y estarían de vuelta en Werst antes de la noche.

El guardabosque abríase paso con el hacha por aquella maleza espesa, erizada de pinchos como bayonetas, y donde el pie encontraba un terreno desigual y escabroso, lleno de, troncos y raíces con los que tropezaba cuando no se hundía en un hoyo, húmedo y blanducho, lleno de hojas caídas que el viento no había podido barrer. Infinitas vainas de legumbres estallaban como fulminantes, con gran asombro del doctor, a quien inquietaba aquella, especie de tiroteo: volvíase a mirar a derecha e izquierda, asustado, cuando algún sarmiento se agarraba a su ropa como una uña que quisiera retenerle.

¡Decididamente el buen doctor Patak no las tenía todas consigo! Pero ya metido en faena, no se atrevía a volverse solo desde allí; así es que se esforzaba por no separarse mucho de su intratable compañero.

A veces aparecían entre la espesura del bosque caprichosas claras como dibujos iluminados, por donde se veía el cielo. Bandadas de cigüeñas negras, turbadas en su soledad, escapaban de las altas copas y huían dando enormes aletazos.

El atravesar aquellas pequeñas claras hacía aún más penosa la marcha. Estaban derribados como en gigantesco juego de jonchets, los árboles tronchados por las tormentas o caídos de viejos, cual si el hacha del leñador los hubiese herido de muerte.

Veíanse allí troncos desmesurados y carcomidos, de los que fuera
imposible sacar una astilla ni ser transportados al Sil para su acarreo. Ante
semejantes obstáculos, no les faltaba que hacer a Nic Deck y su compañero.
Si el joven guardabosque era ágil y vigoroso, en cambio el doctor Patak, con
sus piernas cortas y su crecido abdomen, sofocado y jadeante, caía a cada
paso, llamando en su auxilio a su compañero.

-¡Ya verás Nic, cómo acabo por romperme algo! decía.

-¡Ya os lo arreglaréis vos mismo!

-¡Vamos a ver, Nic, sé razonable! ... ¡No hay que luchar contra el
imposible!

Pero Nic Deck, entretanto, ya se le había adelantado, y no obteniendo
respuesta el doctor, se apresuraba a reunirse al mozo.

Ahora bien: la dirección que llevaban hasta entonces, ¿era realmente la que
convenía para salir frente al castillo? Difícilmente se hubieran dado cuenta de
ello. Sin embargo, puesto que el terreno iba siempre subiendo, era evidente
que habían de llegar al límite del bosque, como llegaron a cosa de las tres de
la tarde.

Desde allí hasta la meseta de Orgall extendíase la cortina de árboles
verdes, más escasos ya, a medida que la vertiente iba ganando en altura.

En aquel punto reapareció entre rocas el torrente Nyad bien fuese porque
se torciese su curso hacia el Noroeste, bien porque Nic Deck hubiese tornado
la oblicua del Nyad. Esto hizo pensar al guardabosque que el camino que
había seguido era bueno, puesto que el torrente tenía su nacimiento en las
entrañas de la meseta de Orgall.

No pudo el joven rehusar al doctor una hora de parada en la orilla del río.
Tanto más, cuanto que los estómagos pedían alimento, tan imperiosamente
como las piernas el descanso. Las alforjas estaban bien repletas, y el rakiu
llenaba las redomas que ambos llevaban; por añadidura, un agua límpida y
fresca, filtrada por los guijarros del cauce, corría a algunos pasos de allí. ¿Qué
más se podía desear? Por lo tanto, había que reparar las fuerzas perdidas.

Desde la salida de Werst no había el doctor tenido ocasión de conversar
con Nic Deck, que iba siempre delante de él. Pero cuando se hallaron
sentados sobre el ribazo del Nyad, se indemnizó de sobra. Si el uno era poco
locuaz, el otro era un hablador sempiterno. Así que no hay que extrañar que
las preguntas fueran tan prolijas y las respuestas tan breves.

-Hablemos un poco, Nic, hablemos formalmente, dijo el doctor.

-Os escucho, respondió Nic.

-Creo que si hemos hecho alto en este sitio, será para tomar fuerzas.

-Nada más justo.

-Antes de volver a Werst...

-No; antes de ir al castillo.

-Mira, Nic, seis horas hace que estamos en marcha, y apenas si hemos andado la mitad del camino.

-Lo que prueba que no tenemos tiempo que perder.

-Pero ya será de noche cuando lleguemos al castillo: y como no creo que seas tan loco que te aventures en la oscuridad, tendremos que esperar que amanezca.

-Esperaremos.

-¿De manera que no quieres renunciar a tu descabellado proyecto?

-No.

-¡Cómo! Estamos ya extenuados, y lo que necesitamos es una buena mesa en una buena sala, y una buena cama en un buen cuarto, y tú, en cambio, ¿piensas pasar la noche al aire libre?

-Sí, en caso de que algún obstáculo no nos impida penetrar en el castillo.

-¿Y si no hubiese obstáculos?

-Pues iremos a pasar la noche a las habitaciones del torreón.

-¡A las habitaciones del torreón! exclamó el doctor. ¿Y crees tú que yo me voy a conformar con pasar la noche en el interior de ese maldito castillo?

-¡Es claro! A menos que prefiráis quedaros solo fuera.

-¡Solo! No es eso lo convenido; y si hemos de separarnos, mejor quiero hacerlo aquí mismo para volverme al pueblo. ..

-Lo convenido, doctor, es que me seguiréis hasta el castillo.

-Por el día sí; pero no por la noche.

-Bien, sois libre para partir; pero tratad de no extraviaros por esos andurriales.

¡Extraviarse! Esto era lo que inquietaba al doctor. Abandonado a sí mismo, y no teniendo costumbre de andar por aquellos laberintos del Plesa, se sentía incapaz de volver a Werst. Además, si llegaba a quedarse solo cuando llegase la noche, acaso negrísima, no le sería muy agradable descender por las pendientes de la garganta de la sierra, con riesgo de caer en un despeñadero.

En caso de no penetrar en el castillo después de la puesta del sol, era preferible seguir al obstinado guardabosque hasta el pie de la muralla.

Quiso el doctor intentar un último esfuerzo para detener a su compañero.

-Ya comprenderás, mi querido Nic, que yo no puedo consentir en separarme de ti; y, pues que persistes en ir al castillo, no dejaré que vayas solo.

-Eso está bien dicho, doctor, y creo que es lo mejor que podéis hacer.

-Una palabra, Nic. Si cuando lleguemos es de noche, prométeme que no tratarás de entrar en el castillo.

-Lo que yo os prometo, doctor, es hacer hasta lo imposible para penetrar en él; no retroceder un paso hasta descubrir lo que allí sucede.

-¡Lo que sucede allí! exclamó el doctor encogiéndose de hombros: ¿y qué quieres que suceda?

-No lo sé; pero quiero saberlo, y lo sabré.

-Lo que falta saber es si podremos llegar a ese castillo del diablo, replicó el doctor, que ya no tenía más argumentos que oponer. Lo que sí puede asegurarse, en vista de las dificultades experimentadas hasta aquí, y del tiempo que hemos empleado en atravesar los bosques del Plesa, es que se hará de noche antes que hayamos podido ver la muralla.

-No lo creo yo así, respondió Nic Deck. En las alturas de la pendiente, los abetos son menos espesos que los laberintos que hemos pasado de olmos, erables y hayas.

-Pero, en cambió, el terreno será muy tortuoso.

-Nada importa, mientras sea practicable.

-Y cuenta que nada te he dicho de los encuentros con los osos en las cercanías de la meseta de Orgall...

-Yo tengo mi fusil, y vos vuestra pistola para defenderos, doctor.

-Pero si la noche se echa encima, podremos perdernos en la oscuridad.

-No, porque entonces tendremos un guía, que espero no nos abandone.

-¿Un guía? preguntó el doctor.

Y se levantó bruscamente para dirigir en torno una inquieta mirada.

-Sí, respondió Nic Dock, y ese guía es el torrente del Nyad. Bastará remontar su margen derecha para llegar a la cúspide de la meseta en donde nace. Pienso, pues, que dentro de dos horas veremos el castillo, si no tardamos en ponernos en, camino.

-¡En dos horas, si no es en seis! replicó el doctor.

-Vamos, ¿estáis presto?

-¿Ya... ya... Nic? Apenas si hemos descansado unos minutos.

-Algunos minutos que hacen media hora larga. Por última vez: ¿estáis presto?

-¡Presto! ... ¡Cuando me pesan las piernas como si fuesen de plomo!... Ya comprenderás que no tengo tus piernas de guardabosque, Nic Deck. Llevo los pies hinchados en estas botas, y es una crueldad que me obligues a seguirte.

-¡Vaya! Me estáis fastidiando, Patak. Sois libre de marchar... ¡Buen viaje!

Y Nic se levantó.

-¡Por amor de Dios, Nic! exclamó el otro: escúchame.

-¡Escuchar vuestras majaderías! ...

-Vamos a ver. Puesto que ya es tarde, ¿por que no quedarnos al abrigo de estos árboles?

Mañana al amanecer partiríamos, y tendríamos toda la mañana para llegar a la meseta.

-Os repito, doctor, que mi intención es pasar la noche en el castillo.

-No, no lo harás, Nic. Yo sabré impedírtelo.

-¡Vos!

-Me agarraré a ti, te arrastraré; te pegaré, si es preciso.

El desgraciado doctor no sabía lo que decía. Níc Deck ni le respondió siquiera; y después de haberse puesto el fusil en bandolera, dio algunos pasos en dirección a la ribera del Nyad.

-¡Espera, espera! exclamó lastimeramente el doctor. ¡Diablo de hombre! ... ¡Un instante! ... Tengo las piernas entumecidas. Mis articulaciones no funcionan...

Pero no tardaron en funcionar, porque el ex-enfermero no tuvo más remedio que echar a correr con sus piernecillas cortas, para reunirse al guardabosque, que no hacía ánimo le volverse.

Eran las cuatro. Los rayos del sol, iluminando la cúspide del Plesa, que no tardaría en ocultarlos, proyectaban su oblicua luz sobre las altas ramas de los abetos. Nic Deck hacía bien en apresurarse, porque en aquellas espesuras la noche se echaba de repente.

¡Curioso y extraño aspecto en verdad el de estos bosques donde se hacinan, por decirlo así, las especies arbóreas alpinas! No se ven va allí árboles nudosos, ni retorcidos, sino troncos rectos, altísimos, y desnudos hasta una altura de cincuenta o sesenta pies: troncos lisos que extienden a manera de teoho su perenne verdor. En su base no hay matorrales ni zarzas; largas raíces saliendo a flor de tierra corno serpientes adormecidas por el frío se ven por doquier. El suelo muéstrase alfombrado de un musgo amarillento y seco, lleno de ramillas y sembrado de especies de tubérculos que rechinan bajo el pie, y un talud cruzado de cristalinas rocas, cuyas aristas afiladas cortan la piel más recia. El paso fue, pues, muy difícil por medio de aquel bosque, y en un cuarto de milla. Para escalar aquellos bloques era necesario una fuerza de riñones, un vigor de piernas y una seguridad de miembros que sin duda no se encontraban en el doctor Patak. Si Nic Deck hubiese estado solo, no hubiera empleado más de una hora; pero con el aditamento de su compañero empleó tres, ya deteniéndose para que le alcanzara, ya ayudándole a subir sobre alguna roca demasiado alta para las cortas piernas del doctor. Éste sentía un temor horrible: encontrarse solo en medio de aquellos parajes.

A medida que la pendiente se hacía más penosa, los árboles comenzaban a escasear sobre la alta cima del Plesa, y sólo fortunaban grupos aislados de medianas dimensiones.

Entre aquellos grupos percibíase la línea de las montañas que se dibujaban en último término entre los últimos vapores de la tarde.

El torrente del Nyad, siempre sorteado por el guardabosque, no era por aquel punto más que un arroyuelo, lo que indicaba que su nacimiento no debía estar lejos. A algunos centenares de pies por encima de los últimos pliegues del terreno, acortábase la meseta de Orgall, coronada por las construcciones del castillo. Por fin Nic Deck llegó a la meseta, después de un supremo esfuerzo que redujo al doctor al estado de masa inerte. El pobre hombre no hubiera tenido fuerzas para arrastrarse veinte pasos más allá, y cayó como cae la res bajo la maza del carnicero.

Nic Deck apenas sentía la fatiga de tan ruda ascensión. De pie, inmóvil, devoraba con la mirada, el castillo de los Cárpatos, al que nunca se había aproximado. Ante sus ojos se extendía un muro almenado; defendido por foso profundo, y cuyo único puente levadizo estaba levantado contra la poterna encajada en un marco de piedra. En torno del muro, y en toda la superficie de la meseta, todo estaba tranquilo y silencioso. La penumbra del crepúsculo permitía abrazar el conjunto del castillo, que se dibujaba confusamente en las sombras. A nadie se veía sobre el parapeto, a nadie sobre la plataforma del torreón, ni sobre la terraza circular del primer piso... Ni un hilo de humo se esparcía en torno de la extravagante veleta comida de nloho secular...

-Y bien, guardabosque, preguntó el doctor Patak: ¿convendrás en que es imposible franquear ese foso, ni bajar el puente levadizo, ni abrir la poterna?

El joven no respondió. Estaba pensando que sería preciso hacer alto ante la muralla. En medio de aquella oscuridad, ¿cómo bajar al fondo del foso y subir por el escarpado muro, para penetrar en la fortaleza? Sin duda lo más prudente era esperar el alba a fin de obrar en plena luz.

Lo cual fue resuelto, con gran contrariedad por parte de Nic, y gran contento por parte del doctor Patak.

CAPÍTULO VI

El cuarto menguante de la luna, cual brillante luz de plata, había desaparecido poco después del sol. Algunas nubes venidas del Oeste fueron extinguiendo poco a poco los últimos resplandores del crepúsculo. La sombra iba invadiendo el espacio, subiendo su negrura desde la falda de la pendiente. El anfiteatro de montañas llenábase de tinieblas, y la silueta del castillo se fue borrando bajo aquel negro crespón.

Si bien la noche amenazaba ser oscurísima, nada, en cambio, indicaba que fuese turbada la calma por meteoro atmosférico, huracán, lluvia o tormenta. Podían, pues, tranquilos acampar al aire libre Nic Deck y su compañero.

Sobre la árida meseta de Orgall no había un sólo árbol. Tan sólo acá y allá veíanse algunas matas inhospitalarias por la frescura de la noche. Allí todo era rocas, unas medio hundidas, otras en tan difícil equilibrio, que un pequeño impulso hubiese sido bastante para hacerlas rodar por la vertiente hasta los abetos.

La única planta que con profusión crecía en aquel terreno rocoso era un espeso cardo, llamado «espino ruso», cuyos granos o semillas, según dice Elisco Reclus, fueron transportados allí por la caballería moscovita: «presente de alegre conquista que los rusos hicieron a los transilvanos».

Trataron los dos compañeros de buscar un sitio a propósito para pasar la noche resguardados del descenso de la temperatura, muy notable en aquella altura.

-¡Para estar mal, cualquier sitio es bueno! murmuró el doctor.

-¡Aún os quejáis! dijo el otro.

-¡Es claro! ¡Es un sitio muy hermoso éste para atrapar un buen catarro o un reuma excelente, que no sabría yo cómo curarme!

Preciosa confesión en boca del antiguo enfermero del lazareto. ¡Ah! ¡Cuánto echaba de menos su confortable casita de Werst, con su cuarto bien cerrado y su cama bien mullida y blanda!

Preciso era elegir entre aquellos bloques diseminados por la meseta, uno cuya orientación ofreciese el mejor abrigo contra la brisa sudoeste, que ya empezaba a dejarse sentir: Tal fue lo que hizo Nic Deck y no tardó mucho en reunírsele el doctor tras un ancho peñasco, plano por encima como una mesa.

Aquella roca era uno de esos bancos de piedra hundido bajo las escabiosas y saxígrafas, plantas tan frecuentes en Valaquia, y donde también se encuentran los bancos antedichos en los caminos. Estos bancos sirven al mismo tiempo para que el viajero descanse, y para que pueda aplacar su sed con el agua que contiene una especie de jarra en ellos colocada, y renovada cotidianamente por las gentes del campo. Cuando el castillo era habitado por el barón Rodolfo Gortz, aquel banco tenía también su recipiente, que los servidores de la familia cuidaban no dejar nunca vacío; pero a la sazón se hallaba tapizado de verdoso musgo y tan carcomido por la acción del tiempo, que el menor choque le hubiera reducido a polvo. A la extremidad del banco alzábase un pilar de granito, resto de antigua cruz, cuyos brazos estaban indicados por una ranura medio borrada. En su cualidad de espíritu fuerte, el doctor Patak de ningún modo podía admitir que aquella cruz le protegiese contra apariciones fantásticas; mas, sin embargo, por una anomalía muy frecuente entre los incrédulos, si bien el doctor negaba a Dios, no estaba lejos de creer en el diablo. Cruzó por su mente la idea de que el Chort no debía de andar lejos, si acaso vivía en el castillo, y que ni la cerrada poterna, ni el puente levadizo alzado, ni la cortante muralla, ni el profundo foso, le impedirían salir, si le entraba la idea de venir a retorcerle a los dos el cuello.

Y cuando pensaba que tenía que pasar toda una noche en tales condiciones, temblaba de espanto. ¡No Aquello era exigir de él demasiado; los más enérgicos temperamentos no hubieran podido resistirlo.

Además, aunque tarde, le había venido un pensamiento. Estaban en la noche del martes, día aciago, en que las gentes del distrito se guardan bien de salir después de puesto el sol.

El martes como se sabe era allí día de maleficios; y a dar crédito a las tradiciones, aventurarse por el campo era tanto como exponerse al encuentro con algún genio maléfico. En martes nadie circula por las calles ni por los caminos desde que llega la noche.

Y he aquí el doctor Patak, no solamente se encontraba fuera de su casa, sino en las cercanías de un castillo encantado y a dos o tres millas del pueblo. Y allí tenía que estar esperando la vuelta del alba, caso que luciera para él de nuevo. Aquello, en verdad, era tentar al diablo. Estaba el doctor engolfado en estas ideas en tanto que el guardabosque sacaba tranquilamente de su alforja un trozo de carne fiambre, después de haberse echado un buen trago de su calabaza.

Pensó el doctor que lo mejor que podía hacer era imitar a su compañero, y así lo hizo.

Un muslo de pato, un trozo de pan, todo regado de rakiu, fue suficiente para reparar sus fuerzas. Si calmó su hambre, no pudo calmar su miedo.

-Ahora, a dormir, dijo Nic Deck, así que hubo colocado su alforja al pie del banco.

-¡Dormir!

-Buenas noches, doctor.

-¡Buena noche! ... Eso se dice fácilmente; pero me temo que ésta va a acabar mal.

Nic Deck, que no estaba de humor de hablar, no respondió.

Acostumbrado por su profesión a dormir en los bosques, acomodóse lo mejor que pudo junto a la piedra, y no tardó en caer en profundo sueño. Así que el doctor sólo podía refunfuñar entré dientes, oyendo el acompasado ronquido de su compañero.

A él le fue imposible durante algunos minutos, y a despecho de su fatiga, hacer otra cosa que mirar y escuchar atentamente. Su cerebro era víctima de esas extravagantes visiones que surgen de la turbación del insomnio.

¿Qué quería ver en aquellas espesuras? Todo y nada. Las indecisas formas de los objetos que le rodeaban; los jirones de nubes que atravesaban el cielo, y la masa apenas perceptible del castillo.

Parecíale que las rocas de la meseta bailaban infernal zarabanda. .. Sí... Iban a caer, iban a rodar sobre lo largo del talud, sobre los dos imprudentes; iban a aplastarles a la puerta de aquella fortaleza cuya entrada les estaba prohibida.

El desgraciado doctor se había levantado y escuchaba esos ruidos que se propagan en las alturas; murmullos inquietantes, mezcla del susurro, del gemido y del suspiro. Oía también los frenéticos golpes que sobre las rocas daban los murciélagos con sus alas; los endriagos revoloteando en su nocturno paseo, dos o tres parejas de esos fúnebres búhos cuyo graznido resonaba como una queja. Entonces, los músculos del doctor se contraían y su cuerpo temblaba, anegado en un sudor frío.

Y así transcurrieron horas enteras hasta la media noche. Si el doctor Patak hubiese podido cambiar de vez en cuando alguna frase con alguien, dar libre curso a sus quejas, se hubiera sentido menos atemorizado; pero Nic Deck dormía con un sueño profundo.

¡La media noche! ¡La hora más horrible de todas! ¡La hora de las apariciones y de los maleficios! ...

¿Qué era aquello que pasaba? El doctor acababa de levantarse, y se preguntaba si estaba despierto o era víctima de una pesadilla. En efecto: allí, arriba creyó ver... no, vio realmente dibujarse formas extrañas iluminadas con luz espectral, atravesar el horizonte, subir, bajar, descender con las nubes... Hubiérase dicho que eran especie de monstruos, dragones con colas de serpientes, hipogrifos de alas desmesuradas, cuervos gigantescos y enormes vampiros que se cernían sobre él... iban a cogerle con sus uñas o a, engullírsele con sus mandíbulas. Después le pareció que todo se movía en la llanura de Orgall; las, rocas, los árboles... todo; y con mucha claridad, su oído percibió, a pequeños intervalos, el tañido de una campana.

-¡La campana del castillo! murmuró.

Sí... Era, la campana de la antigua capilla; no era la de la iglesia de Vulcano, cuyo sonido hubiera llevado el viento en otra dirección.

Y he aquí que aquellos tañidos se tornan más precipitados; la mano que hace sonar la campana no toca a muerto. No; es un toque rápido, cuyos ecos repercuten en la frontera transilvánica.

Al oír aquellas lúgubres vibraciones, entróle al doctor un miedo convulsivo; terrible angustia, espanto irresistible, que le hizo temblar de pies a cabeza.

El guardabosque ha despertado al ruido de la campana.

Se pone en pie, en tanto que el doctor Patak parece como que ha vuelto en sí. Nic Deck escucha atentamente, y trata de penetrar con sus miradas las espesas tinieblas que cubren el castillo.

-¡Esa campana! ¡Esa campana! repite el doctor Patak., ¡La toca el Chort!

Decididamente, el pobre doctor, enloquecido por completo, cree entonces en el diablo.

El guardabosque, inmóvil, no le respondió.

De repente, unos rugidos semejantes a los que arrojan las sirenas marinas a la entrada de los puertos, se desencadenan en ondas, tumultuosas.

El espacio está conmovido en una extensa zona por sus soplos ensordecedores.

Después, una claridad sale del torreón central: una claridad intensa, que lanza resplandores de penetrante viveza y destellos que ciegan.

¿Qué foco produce esta poderosa llama, cuyas irradiaciones se extienden en inmensas sabanas en la superficie de la meseta de Orgall? ¿De qué horno se escapa aquel manantial fotogénico que parece abrasar las rocas, al mismo tiempo que las llena de lividez extraña?

-¡Nic, Nic! exclamó el doctor. ¡Mírame! ¿No soy, como tú, un cadáver?

En efecto: el guardabosque y él habían tomado un aspecto cadavérico; la cara descolorida, los ojos marchitos, las órbitas agrandadas, las mejillas verdosas con tonos parduscos, los cabellos semejantes a esos musgos que crecen, según la leyenda, sobre el cráneo de los ahorcados,

Nic Deck está estupefacto de lo que ve y de lo que oye. El doctor Patak, en el último grado de espanto, tiene los músculos contraídos, el pelo erizado, la pupila dilatada y el cuerpo preso de un espasmo tetánico. Como dice el poeta de las Contemplaciones, «respira temor».

Un minuto, un sólo minuto duró este espantoso fenómeno. Después, la extraña llama se apagó gradualmente, los atronadores mugidos se extinguieron, y la meseta de Orgall, volvió al silencio y a la oscuridad.

Ni uno ni otro pensaron en dormir; el doctor, medio muerto de estupor; el guardabosque de pie contra el banco de piedra, esperando la llegada del alba.

¿Qué pensamientos agitaban la mente de Nic Deck en presencia de aquellas cosas tan evidentemente sobrenaturales a sus ojos? ¿Persistiría en seguir su temeraria aventura?

Cierto que él había dicho que penetraría en el castillo y que exploraría el torreón. Mas ¿no era suficiente haber llegado a su infranqueable muralla y haber despertado la cólera, de los genios y provocado aquel desorden de dos elementos? ¿Se le reprocharía no haber mantenido su promesa si regresaba al pueblo sin haber continuado su locura hasta aventurarse en el diabólico castillo?

De repente el doctor se precipitó hacia él y le cogió por una mano, procurando arrastrarle, mientras le decía con voz sorda:

-¡Ven, ven!

-¡No! respondió Nic Deck.

Y a su vez retuvo al doctor, que volvió a caer después de este último esfuerzo.

La noche acabó al fin; y tal era el estado de su espíritu, que ni el guardabosque ni el doctor tuvieron conciencia del tiempo que transcurrió hasta el alba. Nada quedó en su memoria de las horas que precedieron a las primeras luces de la mañana.

En este instante una línea rosada se dibujó sobre lo ancho del Paring hacia el Este y al otro lado del valle de los dos Sils. Ligeras brumas crepusculares se esparcieron en el cenit, sobre un cielo rayado como una piel de cabra.

Nic Deck se volvió hacia el castillo y vio que las formas de éste se destacaban poco a poco. Vio el torreón saliendo sobre las altas brumas, que descendían hacia la garganta del

Vulcano; vio la capilla, las galerías, la muralla, elevándose sobre los vapores nocturnos; después, sobre el baluarte anguloso, recostarse el haya, cuyas hojas se agitaban a la brisa de Levante.

En nada había cambiado el aspecto ordinario del castillo. La campana estaba tan inmóvil como la vieja veleta feudal.

No salía humo alguno de la chimenea del torreón, cuyas ventanas alambradas permanecían herméticamente cerradas.

Por encima de la plataforma y en las altas zonas del cielo, algunos pájaros revoloteaban, arrojando sus gritos agudos.

Nic Deck volvió los ojos hacia la entrada principal del castillo. El puente levadizo, levantado contra la pared, cerraba la poterna, entre las dos pilastras de piedra, en las que las armas de los barones de Gortz estaban esculpidas.

El guardabosque estaba, pues, decidido a llevar a lo último la aventura de la expedición.

Sí; y su resolución no se había entibiado con los sucesos de la noche. «Cosa dicha, cosa hecha.» Como se sabe, ésta era su divisa. Ni la misteriosa voz que le había amenazado personalmente en el salón del Rey Matías, ni los fenómenos inexplicables de luz y de sonidos de que acababa de ser testigo, le impedirían entrar en el castillo. Bastábale una hora para recorrer las galerías, visitar el torreón, y entonces, ya cumplida su promesa, volvería a tomar el camino de Werst, donde podría llegar en la mañana.

En cuanto al doctor Patak, no era más que una maquina inerte, sin fuerzas para resistir, ni voluntad para querer. Iría donde se le llevara.

Si caía, sería imposible levantarle.

Los espantosos sucesos de aquella noche le habían reducido a un estado de embrutecimiento completo, y no hizo ninguna observación cuando el guardabosque, señalando e1 castillo, le dijo:

-¡Vamos!

Aunque, como ya era de día, el doctor hubiera podido regresar a Werst sin temor de un tropezón, al través de los bosques del Plesa, máxime cuando ningún provecho sacaría de quedar junto a Nic, no intentó marcharse; y el no abandonar a su compañero consistía en que el doctor no tenía ya conciencia de la situación: era un cuerpo sin alma. Así es que cuando el guardabosque le arrastró hacia el talud de la contraescarpa del castillo, se dejó llevar.

Ahora bien: ¿sería posible penetrar en el castillo por otra parte que por la poterna? Esto era probablemente lo que Nic quería reconocer.

La muralla no presentaba ninguna brecha, ningún hundimiento, ningún hueco que pudiese dar acceso al interior. Era muy sorprendente que murallas tan viejas estuvieran en un estado de conservación tan perfecta, lo que debía atribuirse a su espesor.

Elevarse hasta las almenas que le coronaban, parecía un imposible, puesto que dominaban el foso de unos cuarenta pies de profundidad. Parecía, pues, que Nick Deck, en el momento de acercarse al castillo de los Cárpatos, iba a encontrarse con obstáculos insuperables.

Afortunadamente, o desgraciadamente para él, existía por debajo de la poterna una especie de tronera, o más bien un hueco, por el que en otro tiempo asomaba la boca de una culebrina. Sirviéndose de una de las cadenas del puente levadizo, que pendía hasta el suelo, no sería muy difícil para un hombre ágil y vigoroso subir hasta aquella hendidura; su anchura era suficiente para dar paso, y a menos que en la parte interior tuviese una reja, Nic Deck llegaría sin duda a pasar al interior del castillo.

Desde luego comprendió el guardabosque que no había otro medio má practicable, y he aquí por qué, seguido del inconsciente doctor, descendió por la parte interna de la contraescarpa. Llegaron al fondo del foso, sembrado de piedras, entre el follaje de las plantas salvajes. No era posible saber donde se ponía el pie, y si bajo aquellas hierbas húmedas hormigueaban   millares   de bichos venenosos.

En medio del foso, y paralelo a la muralla, corría el cauce de la antigua. cuneta, ahora casi seca, y que se podía franquear fácilmente de un sólo salto.

Como Nic Deck no había perdido nada de su energía física y moral, obraba con sangre fría, mientras el doctor le seguía maquinalmente, como la bestia amarrada por una cuerda al cuello.

Pasada la cuneta, el guardabosque siguió veinte pasos a lo largo de la muralla deteniéndose bajo la poterna, en el sitio donde pendía la cadena del puente levadizo.

Ayudándose con los pies, y las manos, no le sería difícil llegar al saliente de la piedra junto a la entrada.

Evidentemente Nic Deck no pretendía obligar al doctor a que le acompañase en aquel escalo. Un hombre tan torpe no hubiera podido hacerlo. Limitóse, pues, a sacudirlo violentamente para hacerse comprender, y le recomendó que se quedase sin moverse en el fondo del foso. Cogió la cadena y gateó, sin que aquello significase más que un juego para sus músculos de montañés.

Pero así que el doctor se vio solo, de nuevo se dio cuenta de su situación; comprendió, miró y vio a su compañero ya suspendido unos doce pies del suelo, y con voz ahogada por la emoción, exclamó:

-¡Espera, Nic, espera!

El joven no le escuchó.

-¡Ven, ven, o me voy! gritó el doctor levantándose y dando algunos pasos.

-¡Idos! respondió Nic; y continuó subiendo por la meseta.

El doctor Patak, en el paroxismo del espanto, quiso volver a tomar la meseta de Orgall y seguir a toda prisa el camino de Werst.

Mas ¡oh prodigio, después del cual no eran nada los de la noche anterior! el doctor no puede moverse; sus pies permanecen quietos, como si estuvieran sujetos con tenazas.

¿Podía levantar un pie después de otro? No. Estaban adheridos por los talones y por las plantas. ¿Estaba, pues, cogido por los resortes de un cepo? Más bien parecía retenido por los clavos de sus zapatos. Como quiera que fuese, el pobre hombre estaba allí inmóvil, pegado al suelo y sin fuerzas para gritar, extendiendo desesperadamente las manos.

Parecía que quería arrancarse de los brazos de alguna tarasca escondida en las entrañas de la tierra.

Entretanto Nic había llegado a lo alto de la poterna, y acababa de poner la mano sobre una de las bisagras de hierro donde se encajaba el puente levadizo, cuando dejó escapar un grito de dolor... Cayendo hacia atrás como herido por un rayo, se deslizó a lo largo de la cadena, a la que se había cogido por instinto, y rodó al fondo del foso.

-¡Bien decía la voz que me sucedería alguna desgracia! murmuró.

Y perdió el conocimiento.

CAPÍTULO VII

¡Cómo describir la ansiedad del pueblo de Werst desde la partida del joven guardabosque y del doctor Patak! No había cesado en aquellas cuatro horas transcurridas desde su marcha y que parecían interminables.

El señor Koltz, el posadero Jonás, el maestro Hermod y algunos otros más, no habían abandonado su puesto sobre el terraplén. Todos se obstinaban en observar la lejana masa del castillo, y todos miraban si reaparecía alguna sombra por encima del torreón. No se veía humo alguno, lo que fue comprobado mediante el anteojo, invariablemente enfocado en aquella dirección. Decididamente los dos florines gastados en la adquisición del aparato eran dinero bien empleado. jamás el biró, muy interesado y guardador de su bolsa, había encontrado menos pena por un gasto semejante.

A las doce y media, cuando Frik regresó de apacentar su ganado, se le interrogó ávidamente. ¿Había algo nuevo, extraordinario, sobrenatural? Frik respondió que acababa de reconocer el valle del Sil valaco sin haber visto nada sospechoso.

Después de comer, hacia las dos, cada uno regresó a su puesto de observación. Nadie hubiera pensado en quedarse en casa, y sobre todo, nadie pensaba en ponerlos pies en el figón del Rey Matías, donde se habían oído aquellas voces conminatorias. Que las paredes oigan, pase, puesto que esto es hasta una locución usual...; pero ¡que hablen! ...

El digno comerciante podía tener el temor de que su posada fuese puesta en cuarentena, lo que no dejaba de preocuparle un poco: ¿Se vería en la necesidad de cerrar su tienda y de beberse él solo lo que contenía, por falta de parroquianos? Por lo tanto, con el objeto de despertar confianza a la población de Werst, había procedido a una larga investigación del Rey Matías, registrando las habitaciones hasta las camas, inspeccionando los baúles y el aparador y explorando minuciosamente los rincones del salón, de la cueva y del granero, donde algún mal intencionado hubiera podido realizar aquella mixtificación.

¡Nada! Nada tampoco por la parte de la fachada que dominaba al Norte y al Oeste. Las ventanas eran muy altas para que fuese posible subirse hasta ellas por una muralla tallada a pico y cuyo cimiento se sumergía en el curso impetuoso del torrente. No importa. El miedo no razona, y mucho tiempo pasaría sin duda antes que los habituales parroquianos de Jonás volvieran su confianza a su posada y su rakiu. ¿Mucho tiempo? ¡Error! Ya se verá que este triste pronostico no había de realizarse.

 En efecto: algunos días después, y a consecuencia de una circunstancia muy imprevista, los notables del pueblo iban a reanudar sus conferencias cotidianas, entremezcladas de abundantes libaciones, en la sala del Rey Matías.

Mas preciso es volver al joven guardabosque y a su compañero el doctor Patak.

Corno se recordará, en el momento de abandonar a Werst, Nic Deck había prometido a la desolada Miriota no tardar mucho en su visita al castillo de los Cárpatos. De no sucederle ninguna desgracia, de no realizarse las amenazas fulminadas contra él, contaba estar de vuelta en las primeras horas de la noche. Se le esperaba, pues, ¡y con qué impaciencia! Ninguno, ni la joven, ni su padre, ni el maestro de escuela, podían prever que las dificultades del camino impidieron al guardabosque llegar a la cresta de Orgall antes de cerrar la noche.

De aquí que la inquietud, ya viva durante el día, pasó de toda medida cuando dieron las ocho las campanas de Vulcano, que se oían distintamente en Werst. ¿Qué había pasado a

Nic Deck y al doctor, que no volvían después de todo un día de ausencia? Nadie, por lo tanto, pensaba en regresar a su casa antes que ellos estuviesen de vuelta.

A cada momento se imaginaba verles asomar volviendo del camino en el ensanche de la garganta de la sierra.

El señor Koltz y su hija habían ido a la extremidad de la calle, al sitio donde el pastor había sido puesto de centinela. Muchas veces creyeron ver unas sombras dibujarse a lo lejos por entre los huecos de los árboles. ¡Pura ilusión! La garganta de la sierra estaba desierta, como de costumbre, pues era raro que las gentes de la frontera quisieran aventurarse por allí durante la noche. Era martes, el martes de los genios maléficos, y en este día los transilvanos no andan por gusto por el campo después de la puesta del sol.

Preciso era que Nic Deck fuese loco para haber escogido semejante día para visitar el castillo. La verdad es que ni el guardabosque ni nadie, además del pueblo, había pensado en semejante cosa.

Pero Miriota pensaba entonces en ello. ¡Qué espantosas imágenes acudían a su mente!

Con la imaginación había seguido a su novio, hora por hora, al través de aquellos espesos bosques del Plesa, en tanto que él subía hacia la meseta de Orgall.

Y ahora, la noche llegada, parecíale que le veía en la muralla, procurando escapar a los espíritus que habitaban el castillo de los Cárpatos. Había llegado a ser el juguete de sus maleficios. Era la víctima destinada a su venganza. Estaba preso en el fondo de algún subterráneo. . . tal vez muerto. ¡Qué no hubiera dado la pobre muchacha por lanzarse sobre las huellas de Nic Deck!

... Ya que esto era imposible, hubiera querido permanecer toda la noche en el sitio que queda indicado. Pero su padre le obligó a regresar, y después de dejar en observación al pastor, ambos volvieron a su casa.

Una vez sola en su pequeña alcoba, Miriota derramó abundantes lágrimas. Amaba con todo su corazón a Nic Deck, siendo su amor aún más lleno de reconocimiento, porque el guardabosque no le había buscado en las condiciones en que se deciden ordinariamente los matrimonios en estos lugares transilvánicos, por cierto de un modo bien extraño.

Cada año, en la festividad de San Pedro, se celebra la feria de los novios. En este día se reúnen todas las jóvenes del distrito. Vienen en sus más hermosas calesas, tiradas por sus mejores caballos, y trayendo su dote; es decir, sus vestidos, hilados, cosidos y bordados por sus manos, encerrados en cofres de brillantes colores: familias, amigos y vecinos les acompañan. Entonces vienen los jóvenes, vestidos con magníficos trajes, ceñidos de bandas de seda; recorren la feria pavoneándose, buscan la joven que más les agrada, le entregan un anillo y un pañuelo en señal de esponsal, y los matrimonios se hacen al regresar de la fiesta.

Nicolás Deck no había encontrado a Miriota en una de estas fiestas. Sus relaciones no habían nacido del azar. Se conocían desde la infancia, y se amaban desde que tuvieron edad para amarse. El guardabosque no había ido a buscar a su prometida en medio de la subasta de la feria, lo que era un placer para Miriota. ¡Ah! ¿Por qué era Nic Deck de un carácter tan resuelto, tan tenaz, tan empeñado en cumplir una promesa imprudente? Él la amaba, bien lo sabía; la amaba, y, sin embargo, ella no había tenido bastante influencia para impedirle ir a aquel maldito castillo.

¡Qué noche pasó la triste Miriota entre zozobras y lágrimas! No había querido acostarse. Puesta a la ventana, con la mirada fija en el camino ascendente, te parecía oír una voz que murmuraba:

-¡Nicolás Deck no ha hecho caso de las amenazas! ¡Miriota no tiene novio!

Pero esto era un error de sus sentidos trastornados. Ninguna voz llegaba en el silencio de la noche. El fenómeno de la sala del Rey Matías no se producía en la casa del señor Koltz.

Al alborear el siguiente día, la población de Werst estaba en pie. Desde el terraplén hasta la vuelta de la garganta de la sierra, unos subían y otros bajaban el camino; aquéllos, para pedir noticias; éstos, para darlas. Se decía que el pastor Frik acababa de ser encontrado adelante, a un cuarto de milla del «pueblo, no al través de los bosques del Plesa, sino siguiendo su orilla, cosa que no había hecho sin motivo.

Esperando, pues, y a fin de comunicarse más pronto con él, el señor Koltz,

Miriota y Jonás fueron a la extremidad del pueblo. Media hora después se vio al pastor a algunos centenares de pasos, y en lo alto del camino. No parecía esforzarse en llegar presto, lo cual se tuvo como mal augurio.

-Y bien, Frik: ¿qué sabes, qué has visto? le preguntó el señor Koltz cuando el pastor se reunió a ellos.

-Nada sé, nada he visto, respondió Frik.

-¡Nada! murmuró la joven, cuyos ojos se llenaron de lágrimas.

-Al amanecer, continuó el pastor, vi a una media milla de aquí, dos hombres que creí fueran Nic y el doctor. . .; pero no eran.

-¿Sabes quiénes son esos hombres? preguntó Jonás.

-Dos viajeros que acababan de atravesar la frontera valaca.

-¿Les has hablado?

-Sí.

-¿Bajan al pueblo?

-No; se han dirigido hacia Retyezat, a cuya cima quieren llegar.

-¿Son dos turistas?

-Tienen aspecto de serlo, señor Koltz.

-Y esta noche, atravesando la garganta del Vulcano, ¿no han visto nada hacia el castillo?

No, porque se encontraban todavía al otro lado de la frontera, respondió Frik.

-¿De modo que no traes ninguna noticia de Nic Deck?

-Ninguna.

-¡Díos mío! repetía la pobre Miriota.

-Por lo demás, podréis interrogar a estos viajeros dentro de pocos días, añadió Frik; porque piensan hacer alto en Werst antes de partir para Kolosvar.

-¡Con tal de que no se les hable mal de mi posada! ... pensó Jonás suspirando. ¡Capaces serían de no alojarse en ella!

Desde hacía treinta y seis horas el excelente posadero estaba preocupado por el temor de que ningún viajero osaría comer y dormir en el Rey Matías.

En suma, estas preguntas y estas respuestas cambiadas entre el pastor y su amo, no aclararon la situación; y como ni el guardabosque ni el doctor habían aparecido a las ocho de la mañana, ¿no podía racionalmente esperarse que no volverían jamás?.. . Nadie se aproximaba impunemente al castillo de los Cárpatos. Herida por las emociones de aquella noche de insomnio, Miriota apenas podía sostenerse. Completamente desfallecida, casi no tenía fuerzas para andar. Su padre la condujo a su casa. Allí sus lágrimas redoblaron.

Llamaba a Nic con voz delirante. Quería ir en su busca. Pedía amparo, y había motivo para temer que cayese enferma.

Entretanto, era necesario y urgente tomar una resolución: ir en socorro del guardabosque y del doctor, sin pérdida de un instante. Poco importaba que hubiesen de correrse peligros exponiéndose a las represalias de los seres humanos o sobrenaturales que ocupaban el castillo. Lo esencial era saber qué les había sucedido a Nic Deck y al doctor. Era un deber imperioso, tanto para sus amigos como para cualquier habitante de la aldea. Los más valientes no rehusaían lanzarse por los bosques del Plesa, en dirección al castillo de los Cárpatos. Decidido esto después de no pocas discusiones y diligencias, los más valientes no pasaron de tres, que fueron el señor Koltz, Frik y el posadero Jonás.

El maestro Hermod se había sentido de repente indispuesto con dolor de gota en una pierna, y había dado la clase echado sobre dos sillas.

Serían las nueve de la mañana cuando el señor Koltz y sus compañeros, bien armados por prudencia, tomaron, el camino de la montaña. En el mismo sitio en que Nic se había separado de ellos, internáronse por la áspera pendiente, y pensaron, no sin razón, que si el guardabosque y el doctor estaban en camíno para volver a la aldea, debían ir sin duda por allí. No sería difícil reconocer sus huellas, lo que fue comprobado cuando franquearon 1a orilla.

Los dejarernos aquí para decir qué movimiento se hizo en la opinión de Werst desde que les perdieron de vista.

Si antes de que partiesen aquellos tres hombres al encuentro de Nic y Patak parecía la tal empresa obra muy meritoria después, cuando hubieron partido, empezó a verse en aquello una imprudencia sin nombre. ¡Pues qué! ¿Sobre una catástrofe iba a venir otra?

Porque nadie dudaba que el doctor y el guardabosque habían sido víctimas de su intentona. ¿Y de qué serviría que el señor Koltz, Frik y Jonás se expusieran a lo mismo por desinterés? Miriota no sólo lloraría a su novio, sino a su padre también, y nunca podrían perdonarse los amigos del pastor y del posadero la perdida de entrambos.

La desolación fue general en Werst, y no había señales de que terminase pronto. Aún admitiendo que no les aconteciera alguna desgracia, no contaban con el regreso del señor Koltz y de sus dos compaañeros antes de que la noche hubiese envuelto las alturas del Plesa.

Mas ¡cuál no sería la sorpresa general cuando a lo lejos del camino fueron vistos hacia las dos le la tarde!

Miriota, prevenida del caso, corrió a su encuentro apresuradamente. No venían tres, sino cuatro, y e1 cuarto se parecía al doctor.

-¡Nic, mi pobre Nic! exclamó la joven. ¡Nic no está! ¡No viene!

Sí. Nic venía, pero extendido sobre unas angarillas de ramas que penosamente conducían Jonás y el pastor.

Precipitóse la joven -hacia su novio, inclinóse sobre él, y le abrazó estrechamente.

-¡Muerto! ¡Muerto! exclamaba.

-No, no está muerto, respondió el doctor Patak; pero merecía estarlo, y yo también.

Lo cierto era que el guardabosque estaba sin conocimiento, con los miembros rígídos, la cara exangüe, la respiración débil. Si el doctor no estaba descolorido como su compañero, debíase a que la marcha le había devuelto su tinte habitual de ladrillo.

La voz de Mariota, tan tierna, tan desgarradora, no tuvo poder alguno para arrancar a Nic de su letargo. Cuando le condujeron a la aldea y lo depositaron en el cuarto del señor Koltz, todavía no había desplegado sus labios. Algunos instantes después sus ojos se abrieron poco a poco, y al ver a la joven inclinada a su cabecera, sus labios dibujaron una sonrisa. Trató de levantarse, pero no pudo. Una parte de su cuerpo estaba paralítica, como herida de hemiplejía. Sin embargo, queriendo tranquilizar a Miriota, le dijo con voz muy débil:

-Esto no será nada... nada.

-¡Mi pobre Nic! repetía la joven.

-Un poco de fatiga solamente... La emoción... Esto pasará pronto... Con tus cuidados, Miriota...

Pero el enfermo necesitaba calma y reposo, en vista de lo cual el señor Koltz salió del cuarto, dejando a Miriota junto al joven guardaboques, que no hubiera podido tener una enfermera más diligente. No tardó en adormecerse.

Entretanto el posadero Jonás contaba a un numeroso auditorio, con voz fuerte para ser bien oído de todos, lo que había sucedido desde su partida. Después de haber encontrado en el bosque el sendero que Nic Deck y el doctor se habían abierto, los tres tomaron la dirección del castillo. Dos horas estuvieron por las pendientes del Plesa, y cuando se hallaban a una media milla a la orilla del bosque, vieron a dos hombres, que eran el doctor Patak y el guardabosque. El primero no podía andar; el otro acababa de caer al pie de un árbol, falto de fuerzas.

Correr hacia el doctor, interrogarle, por más que él estaba tan confuso que no podía responder; formar con ramas una parihuela, colocando en ella a Nic Deck, y volver a poner a Patak en disposición de andar, todo fue obra de un instante. Después el señor Koltz y el pastor, que se relevaban en la conducción de la parihuela, tomaron el camino de Werst.

En cuanto a saber por qué Nic Deck se encontraba en semejante estado, y si había o no penetrado en las ruinas del castillo, cosas eran que el posadero ignoraba, así como el señor Koltz y el pastor Frik, puesto que el doctor no se hallaba en disposición de satisfacer su curiosidad.

Pero preciso era que Patak hablase. ¡Qué diablo! En la aldea, rodeado de sus amigos y clientes, estaría seguro. No había que temer ya nada de los seres del castillo, y aunque le hubiesen éstos arrancado el juramento de guardar silencio acerca de lo que había visto en el castillo de los Cárpatos, el interés público le demandaba que faltase a su juramento.

-Vamos, tranquilizáos, doctor, le dijo el señor Koltz. Ordenad vuestros recuerdos.

-¿Queréis que hable?

-En nombre de los habitantes de Werst y para asegurar la tranquilidad de la aldea, yo os lo ordeno.

Un buen vaso de rakiu aprontado por Jonás, devolvió el habla al doctor, que con entrecortadas frases se expresó en estos términos:

-Partimos los dos, Nic y yo... Dos locos indudablemente. Preciso fue emplear casi todo un día para atravesar esos malditos bosques, y allá por la noche vimos el castillo.

Llegamos a él... Aún tiemblo. Toda mi vida temblaré. Nic quería entrar, sí, quería pasar la noche en el torreón... ¡Es decir, en la mismísima alcoba de Belcebú!

El doctor decía aquello con voz tan cavernosa, que sólo de oírle temblaban los otros.

-No lo consentí, no, continuó. ¿Qué hubiera pasado de ceder yo a los deseos de Nic?

¡De pensarlo se me erizan los cabellos!

Y el doctor se llevaba maquinalmente la mano a la cabeza.

-Nic se resignó a acampar en la meseta. ¡Qué noche, amigos míos, qué noche! ¿Cómo descansar cuando los espíritus no os permiten dormir una hora? ¡Ni una hora! De repente, habíais de ver monstruos de fuego apareciendo entre las nubes, verdaderos monstruos, sí, que se precipitaban sobre la meseta para devorarnos.

Todas las miradas se dirigieron al cielo para ver si cruzaba por él algún grupo de espectros.

-Pocos instantes después, continuó el doctor, la campana de la capilla empieza a sonar.

Todos los oídos escucharon atentamente, y más de uno creyó percibir los tañidos de la campana del castillo. ¡Tanto impresionaba al auditorio aquel relato!

-De pronto, espantosos rugidos llenan el espacio. Eran más bien aullidos de fieras...

Luego, una claridad sale de las ventanas del torreón. Infernal llamarada ilumina toda la planicie hasta el bosque de abetos. Nic Deck y yo nos miramos. ¡Oh espantosa visión!

Parecíamos dos cadáveres, uno enfrente del otro, que temblaban bajo aquellas luces violáceas.

Y, efectivamente: viendo la cara cadavérica y la mirada extraviada del doctor Patak, parecía que venía del otro mundo, al que había enviado tan crecido número de sus semejantes. Preciso fue dejarle tomar alientos, pues de lo contrario, no hubiera podido continuar su relato, lo que se consiguió gracias a un segundo vaso de rakiu, que pareció devolver al ex-enfermero parte de la razón que le, habían hecho perder los espíritus.

-Pero, al fin, ¿qué le pasó al pobre Nic Deck? preguntó el señor Koltz.

Y no sin razón, el biró concedía extrema importancia a la respuesta del doctor, teniendo en cuenta que la misteriosa voz de la posada se dirigió personalmente al joven.

-Os diré lo que recuerdo, respondió el doctor. Amaneció. Yo había suplicado a Nic

Deck que renunciase a sus proyectos; pero ya le conocéis, y sabéis que nada se puede lograr de un testarudo semejante. Bajó al foso... Yo tuve que seguirle, porque me arrastraba. . . Y además, yo no tenía conciencia de mis actos... Nic se adelantó hasta la poterna... Cogióse a una cadena del puente levadizo, y subió por ella hasta lo más alto del muro... En aquel momento, otra vez me di cuenta de nuestra situación... Aún es tiempo, me dije, de retener a este imprudente, a este sacrílego, por mejor decir... Le ordeno por última vez que baje y que regrese a Werst en mi compañía. -¡No! -me grita.

Quiero huir... Sí, lo confieso... quise huir. Cualquiera de vosotros en mi caso, ¿no hubiera hecho lo mismo? Pero en vano traté de moverme del suelo... Mis pies están allí clavados, adheridos..., como si hubiera echado raíces... ¿Cómo arrancarles de allí?... ¡Imposible!

Todo es inútil...

Y el doctor remedaba los movimientos de un hombre cogido por las piernas como un zorro que ha caído en un lazo.

Volviendo a su narración, añadió:

-En aquel momento - dejóse oír un grito. . . Pero ¡qué grito! ... Lo había dado Nic Deck.

Sus manos, agarradas a la cadena, la sueltan de pronto y cae al fondo del foso como herido por invisible mano.

El doctor había sido verídico en su relato. Nada había añadido, no obstante la turbación de sus ideas. Todos aquellos fenómenos descritos por él se habían producido como los contaba en la meseta de Orgall, teatro aquella noche de los mencionados sucesos.

Respecto a lo que pasó después de la caída de Nic Deck, helo aquí. El guardabosque cae desvanecido y el doctor Patak está imposibilitado de acudir en su ayuda, porque sus botas permanecen clavadas en el suelo y sus pies, hinchados, no pueden salir de ellas. De repente cesa la invisible fuerza que le retiene, y ya libre, se precipita hacia su compañero, y ¡oh prodigio de valor en aquel hombre! ... sumerge su pañuelo en el agua de la meseta y humedece la cara de Nic Deck. Recobra el joven el conocimiento; mas su brazo izquierdo y una parte de su cuerpo quedan inertes después de la horrible sacudida experimentada por él. Ayudado por el doctor, consigue levantarse, y remontando el camino de la contraescarpa, vuelven a la meseta. Pónerse en camino hacia la aldea. Después de una hora de marcha, los dolores que sufre Nic en el brazo y en el costado son tan violentos, que le obligan a detenerse, y precisamente en el momento en que el doctor se disponía a ir a Werst en busca de auxílios, se encontraron al señor Koltz, Jonás y Frik, que habían llegado tan a punto.

Respecto a decir si era grave la lesión del joven, el doctor Patuk evitaba afirmar nada en concreto, aunque mostrase habitualmente rara seguridad cuando se trataba de un caso médico. Se limitó a responder en tono dogmático:

-Cuando se trata de una enfermedad natural, es una cosa distinta a cuando se trata de una enfermedad sobrenatural, que el Chort envía. En este caso sólo el Chort puede curarla.

En defecto de diagnóstico, tal pronóstico no era tranquilizador para Nic Deck; pero felizmente aquellas palabras no eran el Evangelio, y ¡cuántos médicos superiores al doctor Patak, desde Hipócrates y Gáleno, se han engañado y se engañan hoy! El joven guardabosque era un mozo fuerte, y dada su vigorosa constitución, podían concebirse buenas esperanzas, aun sin necesidad de intervención diabólica, y bajo la condición de no seguir muy estrictamente las prescripciones del antiguo enfermero del lazareto.

FIN DE LA PRIMERA PARTE

¿Te gustó este libro?
Para más e-Books GRATUITOS visita freeditorial.com/es